# 野良犬の値段（上）

百田尚樹

幻冬舎文庫

# 野良犬の値段（上）

# 主要登場人物

佐野光一……二十四時間営業の定食屋の店員

進藤春馬……警視庁京橋署署長・警視
大久保寿一…警視庁京橋署刑事課課長・警部
二階堂恒夫…警視庁京橋署刑事課一係係長
玉岡勝………警視庁京橋署刑事課一係刑事
鈴村耕三……警視庁京橋署刑事課一係古参刑事

蓑山潤………フリーライター・『週刊文砲』契約記者
桑野宗男……『週刊文砲』編集長

三矢陽子……東光新聞社会部記者
萩原進………東光新聞社会部記者
岩井保雄……東光新聞社長
安田常正……東光新聞副社長

吹石博一……大和テレビ局員・『二時の部屋』プロデューサー
井場秀樹……『二時の部屋』構成作家
大森亮一……大和テレビ社長
沢村政男……大和テレビ副社長

松下和夫……誘拐された人（六十歳）
田中修………誘拐された人（五十八歳）
影山貞夫……誘拐された人（五十七歳）
高井田康……誘拐された人（五十四歳）
大友孝光……誘拐された人（五十三歳）
石垣勝男……誘拐された人（四十五歳）

垣内栄次郎…常日新聞社長
尻谷英雄……常日新聞副社長
高村篤………ＪＨＫ会長
篠田正輝……ＪＨＫ副会長

# プロローグ　五月八日

佐野光一《さのこういち》はシャワーを浴びた後、ワンルームの三分の一を占拠するベッドに裸のままで腰かけると、スマートフォンの電源を入れた。午前三時を少し過ぎたところだ。

習慣的にツイッターを開く。呟きたいことがあるわけではない。自分のタイムラインに流れてくる有名人のツイートを読むだけだ。タレント、スポーツ選手、アイドルたちの呟きをスクロールしていく。いずれも彼がフォローしている人物たちだ。

深夜シフトでどれだけ疲れていても、寝る前には必ずツイッターを見る。気に入ったツイートや共感するツイートがあれば、「いいね」を押す。そして時には賛意を表すリプライを送る。

有名人からリプライが来ることは滅多にないが、これまでに三回だけ返信があった。一人は人気アイドルで、「応援ありがとう！」というものだった。もう一人は売り出し中の若手漫才師で、笑っている顔の絵文字だった。残りの一人はJリーグのトップ選手で、「リプありがとう」というものだった。いずれも簡単な文面だったが、憧れの超有名人が自分のツイートを読んだ上で、返信までしてくれたことに全身がとろけるような喜びを味わった。この掌《てのひら》に収まる小さな機械が自分と有名人を結んでくれたのだ。有名人からリプライが来た時は、匿名でツイートしていることを少しだけ残念に思った。しかし本名でやる勇気はなかった。知人や職場の人間に知られるのは絶対に嫌だ。

デビューしたてのアイドルや芸人から返信が来ることは珍しくなかった。しかしそんな二流タレントから返信を貰っても嬉しくもなんともない。何の勲章にもならないし、向こうも少しでもファンを獲得したいがために返信しているにすぎないからだ。超有名人が返信してくれるからこそ価値がある。返信の割合がたとえ五百回に一回であったとしても、だからこそ余計に勲章になる。それに、返信がなくても自分のリプライを読んでくれている可能性は五百回に一回よりははるかに高い。

ツイッターのもう一つの喜びは、自分のツイートが多くの人にリツイートされることだ。しかしこれも容易なことではない。いくら気の利いたことを呟いても、反応は滅多にない。有名人の名前を入れると、少しは「いいね」がついたりもするが、せいぜい数個くらいだ。有名人の悪口を書けば、リツイートや「いいね」が増えることもあるが、それ以上にファンから罵声のリプライを浴びるので、怖くてできない。匿名であっても、きついリプライを受けるのは耐えられないのだ。

佐野は、今度は検索ワードで「投資」という言葉を打ち込む。これも毎日の習慣だ。世の中には、自分の知らない「美味《おい》しい儲け話」が転がっている。金を稼いでいる人間は何らかの方法でそれを知った者だ。自分が金を持っていないのは、それを知らないからだ。

今の自分は二十四時間営業の定食屋の店員だが、このまま終わるつもりはない。いつかは起業して大金を手にする。その時は、同時に名声も手に入れる。自分のツイッターアカウントには、何十万人もフォロワーがいて、ちょっと呟くだけで、たちまち「いいね」が何万もつき、何千とリツイートされる――。

佐野は束の間、それを夢想した。三十五歳までにはそうなれる気がした。その時まであと七年もある。ありすぎるくらいだ。

スマホの画面に「投資」という言葉が入っているツイートが次から次へと出てくる。ほとんどは株でどうしたとか、競馬ですったとかのくだらない呟きだ。中には「女を落とすためには、一流レストランでご馳走するのも大事な投資だ」みたいなツイートもある。ゴミみたいなツイートがあるのは仕方がない。本当に役に立つ情報が簡単に見つかるはずはない。それは砂山から砂金を見出すようなものだ。しかしゴミみたいなツイートを読むのは嫌いではなかった。多くの人が自分と同じように「投資」に興味を持っていると知るのは、なんとなく仲間がいるようで楽しかったからだ。

スクロールしていくうちに、彼の指が止まった。

〈誘拐は割に合わないビジネスか？

それともショーか？〉

なんだ、これは？　と佐野は思った。見るとハッシュタグに「投資」という文字が入っている。このツイートをした人物がわざわざ「#投資」という言葉を打ち込んだのだ。しかし誘拐を投資と結びつけるのは奇妙だ。しかもそのツイートには、「kidnapping-×××.com」というサイトのアドレスまで付いている。

佐野は何気なくそのアドレスをタップした。すぐにブラウザが起ち上がった。

〈ようこそ。私たちのサイトに〉

黒い画面に明朝体の大きな文字が浮かび上がった。それがホーム画面だった。そして
その下に小さな文字で〈あなたはこのサイトの○番目の入場者です〉という文字があり、
カウンターの数字は「1」となっていた。
おいおい、俺が最初かよ。佐野は苦笑した。
下の方に、「新着」という文字が見えた。それをタップすると、別画面が現れた。そ
こにはこんな文字が書かれていた。
〈202×年4月、私たちはある人物を誘拐しました。近日、この人物を使って、〝実
験〟を行ないます。これは冗談やいたずらではありません〉
画面には写真やイラストは一切なく、黒い画面にその文章だけがあった。サイトには
ほかのページはなかった。その文章がアップされたのは五月八日零時十分となっていた。

三時間ほど前だ。

なんだ、こりゃ、と思わず声が出た。このサイトを作った人物は先月、誰かを誘拐し、何かの実験を行なおうというのか。実験って何だ。人体実験でもやるつもりなのか。

多分、悪ふざけには違いないが、こんな馬鹿馬鹿しいサイトをわざわざ作る目的はないんだ。おそらく相当に頭のおかしい奴だ。世の中には、こんなバカもいるのだな。

佐野はこのサイトを紹介しているアカウントに戻った。おそらくこの投稿主がサイトを作った人物だ。ツイートした時刻を見ると、五月八日午前二時五分になっていた。つい一時間ほど前に投稿されたものだ。「いいね」もリツイートもひとつもなかった。サイトに誘導しようとしてツイッターに呟いたものの、ツイートそのものが誰にも見られないんじゃどうしようもない。もしかしたら自分がこのツイートを見た最初の人間かもしれないと、佐野は思った。

佐野はすぐに他の「投資」関連ツイートをスクロールして読み始めたが、ふと指が止まった。今見たサイトを紹介すれば、いくつかリツイートされるかもしれないと思いついたのだ。

佐野は再びさっきのサイトのアドレスをコピーすると、それを貼り付けて、〈誘拐犯発見！〉と書き込んだ。それからアドレスが書かれていたツイートをもう一度見ようと思ったが、そのツイートは見つからなかった。さっきまであったはずなのにと探してみたが、それは煙のように消えていた。

変だなと思ったが、たいして気にも留めず、再び、他の「投資」関連ツイートを追いかけた。しかし砂金のような呟きはなかなか見つからなかった。十分ほど読んでいたが、だんだんと眠くなってきて、スマートフォンをテーブルに置きベッドに横になった。しばらくしてスマートフォンの音で目が覚めた。リツイートを通知する音だった。

スマートフォンを見ると、さっきの〈誘拐犯発見！〉がリツイートされている。自分のツイートがリツイートされるなんて久しぶりだった。今回は朝までに十回くらいリツイートされるかもしれないなと思った。

ところが数分後、二つ目のリツイート音が鳴った。さらに三分後、三つ目のリツイート音が鳴った。四つ目からは十秒くらいごとに鳴った。

眠気がいっぺんに吹き飛んだ。佐野は連続するリツイート音を聞きながら陶然とした気分になった。今、この時間、世間の人たちが、俺のツイートに夢中になっている。今頃、俺が教えてやったサイトを見ているんだ。俺はついに鉱脈を掘り当てた――。

# 第一部

# 五月十日（三日目）

警視庁京橋署の刑事課課長の大久保《おおくぼ》寿一《としかず》がトイレから戻って刑事課の扉を開けると、ちょうど部屋を出て行こうとする玉岡勝《たまおかまさる》とぶつかりそうになった。

玉岡は一歩下がって、大久保が入ってくるのを迎え入れた。

「課長、おはようございます」

玉岡は明るい声で言った。玉岡とは今日初めて顔を合わせたことに気付いた大久保は軽く頷いた。

「新富町のコンビニで店主が窃盗犯を現行犯で捕まえたようなので、今から行ってきます」

「朝から万引きか」大久保はうんざりした顔で言った。「さっさと済ませてこい」

「アイアイサー」

玉岡はそう言って部屋を出て行きかけたが、ふと振り返って「課長は、『誘拐サイト』ってご存じですか」と訊いた。

「何だ、それは」

「今、一部のネットで話題になってるんです。誘拐犯がサイトを作っているんですよ」

「本当か！」

大久保が大きな声を出したので、玉岡は少し慌てた。

「いや、事件とかじゃなくて、多分、悪ふざけだと思いますが」

「どういうことだ」

「ツイッターではちょっと騒がれています。まだトレンド入りまではいってませんが」

「トレンド入りってなんだ」

「ツイッターで皆の話題が集中していることです」

大久保はため息をついた。

「お前ももうガキじゃねえんだから、刑事がツイッターみたいなもんに夢中になるなよ」

「でも、政治家やスポーツ選手なんかもやってますよ。大臣もいます」

「大臣までやってるのか——日本の将来は暗いな」

「トランプ大統領だってやってたんですよ」

「それがどうした」大久保は言った。「お前がツイッターをやったところで、大統領になれるわけでもないだろう。それより早く巡査部長にならないか。三十代半ばにもなって、いつまで巡査長をやってるんだ」

玉岡は途端に悲しげな顔をした。彼はもう十年も巡査部長の試験に落ち続けている。「巡査長」という職位は正式な階級ではなく、十年以上、巡査をやっていれば誰でもなれるもので、正式階級は一番下の巡査と同じだった。大久保はちょっと言い過ぎたかなと思った。自分がSNSに興味がないからといって、他人の趣味にまでケチを付けることはない。

「ところで、その誘拐犯のサイトってなんだ」

少し可哀想になったので、特に興味もないのに質問してやった。すると、玉岡の顔が急に明るくなった。

「昨日の未明に『誘拐犯発見！』というツイートをした奴がいて、それがたまたま自分のタイムラインに入ってきたんです。タイムラインっていうのは、自分がフォローしているアカウントのツイートや、リツイートが表示されるところですが」

大久保は玉岡の言っていることがいまひとつ理解できず、曖昧に頷いた。

「誘拐犯発見なんて書かれたら、気になるじゃないですか。で、そのツイートにあったアドレスからサイトに行ってみたら、『私たちはある人物を誘拐しました』と書いてあったんです」

「誰が誰を誘拐したんだって」

「それは書いてないんです」

「何のための誘拐なんだ」

「その人物を使って実験をするそうです」

「何の実験だ」

「それもわかりません」玉岡は答えた。「でも、誘拐犯がネットで犯罪を公表するって、これが本当なら前代未聞のことですよね」

大久保は訊くんじゃなかったと思った。それでわざとらしく一つため息をついてから言った。

「いいか。俺たちの仕事は遊びじゃねえんだ。ネットのごっこ遊びに、本職の刑事が振り回されてどうする。交通課に逆戻りしたいか」

「課長、それだけは勘弁してください」

玉岡はぺこりと頭を下げると、そそくさと部屋を出て行こうとした。大久保はその背中に向かって、「それからな、前代ミブンじゃなくて、前代ミモンと言うんだ」と言葉を投げた。玉岡は大久保に背中を向けたまま頭を下げて、部屋を出て行った。

大久保は自分の机につくと、捜査中の資料を開いた。

署の管内で起きた捜査案件は今月だけで二百件以上。微罪を含めると事件は五百件を優に超える。犯罪だけは一向に減らない。いくら捜査員を動員しても、事件の約半分は未解決となる。大久保は時折、永久に終わらないモグラ叩きをやっているような錯覚に陥る時があった。もっとも万引きや自転車泥棒みたいな微罪は、調書は取っても捜査はしない。本来はそんな犯罪もきちんと捜査して犯罪者を検挙するのが警察の仕事なのはわかっている。しかし捜査の人員は限られており、殺人や強盗といった重要な事件でいつも手一杯だ。それなのに、刑事がツイッターで見つけた誘拐犯に関心を持つなど呆れるしかない。大久保は資料をめくりながら大きくため息をついた。

## 五月十一日（四日目）

三島恭介《みしまきようすけ》がDBテレビの食堂で並んでいると、後ろから「よう」と肩を叩かれた。振り返ると、派手な開襟シャツを着たサングラスの男が立っていた。局員の幸田健一《こうだけんいち》だった。三島がディレクターをしている昼のワイドショーのプロデューサーだ。

「この前のロケ、いまひとつだったな」

四十代半ばの幸田は五十過ぎの三島にため口で言った。

「すいません」

三島は、とりあえず謝っておいた。下請けの制作プロダクションにとって、局員の言うことは絶対だった。それに、完璧なロケVTRなどない。

「タレントのリアクションがなってないよ。あれでは視聴者に料理の味が伝わらない」

どうやらリポーターが試食する演技が気に入らないらしい。

「おっしゃる通りです。実はあれでも三回撮り直したんですよ。でも、あの子、あれが限界なんです」

三回撮り直したというのは嘘だ。リポーターのリアクションは充分合格ラインだった。それで一発ＯＫを出した。要するに幸田は、俺はＶＴＲのことは何でもわかってるんだと言いたいだけなのだ。

「三回も撮り直してあの程度か。最近の若い娘《こ》は美味しそうに食べる芸もできないんだな」

「ですよね」

「まあ、成長が見られないなら、次のクールで終わりかな」

三島は無言で頷いた。これで、あのリポーターの女の子は、運が悪いとあと三ヵ月でクビかなと思ったが、弁護を買って出る気はなかった。親戚でもない女の子のために、幸田の心証を悪くするのは御免だ。

「三島ちゃんはベテランだから、演出は安心して観《み》ていられるんだけど、演者がまずかったらどうしようもないわな」

自分よりも年下の局員に「ちゃん付け」で呼ばれて、三島はへらへら笑いながら頷いた。しかし内心で「お前に演出の何がわかる」と思った。幸田はディレクター経験など一度もない。営業からテレビ制作にやってきたのは三年前だ。テレビの現場を何も知らないくせに、最初から言うことだけはいっぱしだった。ディレクター経験のないプロデューサーは幸田だけではない。最近のキー局の局員は、ほとんど現場に出ることはない。実際にロケに出たりスタジオで演出をするのは、下請けの制作プロダクションだ。

局のプロデューサーの一番の仕事は金の管理だ。実際には、現場のことはよくわからないと自覚しているプロデューサーに横柄な者は多くはないが、たまに幸田のように「テレビのことはよくわかっている」という態度を取るのがいる。下請けプロダクションのスタッフに一番嫌われるタイプだ。

何となく、昼食は幸田と食べるはめになってしまった。

「ところでさあ、三島ちゃん」

幸田はテーブルに着くなり口を開いた。「誘拐犯のサイト、知ってる？」

「はい」

三島はそう答えたが、昼食の席で若いＡＤたちが話題にしていたのを少し聞きかじっている程度だった。

「あれ、どう思う？」

「どう思うって——いたずらでしょう」

ＡＤの中に一人だけ、本当かもしれないと言っているのがいたが、全員に否定されていた。

「いたずらで、あそこまでやるかなあ」

「やるでしょう。暇な奴は何でもやりますよ。ユーチューブなんか見てても、びっくりするくらい手間暇かけて動画作る奴がいますからね。それに比べたら、サイトなんて簡単なものでしょう」

「けど、ユーチューブは金になる。手間かける値打ちはある」

ほとんど金にもならない動画を一所懸命作っているユーチューバーなんていくらでもいると思ったが、それは口にしなかった。

「あれ、テレビで使えないかな」

と幸田が言った。

「うちで取り上げるってことですか？」

「そう」幸田は大きく頷きながら言った。「あの画像、見せるだけでも、結構インパクトあるんじゃない」

「けど、ただのいたずらでしょう。取り上げる意味がありますか」

「いたずらなのはわかってるよ。でも、そういういたずらっていかにも現代的じゃないか。これも世相を表す現象のひとつだよ。たしかに今のところは、取り上げる価値があるかどうかは微妙だよ。でも、あのサイトは現在進行中みたいだし、これから新たな展開があるかもしれない」

三島は「はあ」と曖昧に頷いた。幸田は三島が乗ってこないので、それ以上そのサイトの話をせず、番組の視聴率に話題を変えた。三島は話を合わせながら、幸田にしても本気で言ったわけではなかったのだろうと思った。

五月十二日（五日目）

『週刊文砲《ぶんぽう》』契約記者の蓑山潤《みのやまじゅん》はさっきからずっとパソコンの画面を睨んでいた。

彼が見ていたのは、ネット上で「誘拐サイト」と呼ばれているサイトだ。最初はただのいたずらだと思っていた。しかし、サイトは毎日更新されている。といっても、短い文章が少しずつアップされているだけだ。二日目の文章は次のように書き込まれていた。

〈私たちは前代未聞の誘拐を実行中です。繰り返しますが、これは事実です〉

三日目の文章はこうだ。

〈現在、誘拐した人物の健康状態は良好です〉

そして昨日はこうだ。

〈近々、誘拐した人物を使って実験を開始します。現在、準備中です〉

蓑山は「実験」という言葉に不吉なものを感じた。何か猟奇的な臭いがする。サイトの入場者は日を追って増え、入場カウンターの数字は累計で百万を超えていた。とくに「実験を開始」という文章がアップされた時から、急速に増えている。

このサイトが最初に発見されたツイッター上でも、多くの人がサイトについて言及していた。誰もが匿名で自由に書き込みができる「5ちゃんねる」では専用スレッドもできていた。このサイトを面白がっている者が多いという証拠だ。ただ、大半は「いたずら」と見做《みな》しているようだった。

　ネットでは、何かの商品やイベントの宣伝企画ではないかという予測が多かった。映画か芝居の新しいパブリシティかもしれないという意見もあった。新人タレントの売り出し企画じゃないかという声もあった。「実験」という言葉からエロティックな想像をする者もいた。もちろん、もしかしたら本物の誘拐事件かもしれないという意見も一定数あった。誘拐されたという人物が男か女かでも盛り上がっていた。

　蓑山自身は、いたずらと言えないのではないかと思っていた。その根拠は、愉快犯にしては文章に捻《ひね》りがないことだった。あまりにも淡々としている。いたずらなら、もっとセンセーショナルな文章を書くのではないか。ミステリードラマのように、扇情的で劇的な設定の物語を作り出しそうなものだ。サイトの文章からはそうしたサービス精神は感じ取れない。

　それに、このサイトは何か臭う。二十年近くフリーのライターとしてメシを食ってきた勘のようなものが働く。大事件というものは、しばしばこういう奇妙なことが発端となる。

　ツイッターや「5ちゃんねる」で、このサイトをフィクションだと決めつけている者たちの根拠は、「実際に誘拐事件が起こったら、身内が大騒ぎしているはず」というものだった。一見もっともらしい意見だが、蓑山に言わせると、それは大きな根拠にはならない。

日本は年間に失踪者や行方不明者が八万人以上出る。中には殺されたり拉致《らち》されたりする者もいるが、大半は自らの意志で行方をくらました者だ。したがってこのサイトの主宰者が、そういう人物を誘拐したら誰にもわからない。また家族や他人との付き合いのない一人暮らしの者が誘拐されても、周囲の人たちはすぐには気付かない。逆に見れば、そういう人物を選んで誘拐した可能性もある。ただその場合、別の疑問が生じる。なぜサイトで大掛かりに告知するのかということだ。

何より気になるのは、サイトの主が「実験を行なう」と書いていることだ。いったい何の実験なのか。なぜ、それをサイトに載せる必要があるのか。その実験を多くの人に見せたいのか——それは何のためだ。もしかしたら、誘拐されたのは人間ではないかもしれない。あるイベントや施設だとしたらどうだろう。ダムや鉄橋やトンネルの破壊ということもあるのではないか。あるいはシステムということも考えられる。

蓑山がサイトのトップページを開いていたのは、新着情報を見るためだった。ネットの情報によれば、このサイトは二日目以降から朝の八時に一回だけ新しい文章をアップしている。

パソコンの時計を見ると、八時を一分過ぎていた。蓑山はブラウザの「更新」ボタンをクリックした。はたして「新着」のページに新しい文章がアップされていた。

その文章を目にした蓑山は思わず身を乗り出した。

〈明日、我々が誘拐した人物の名前と写真を発表します〉

## 五月十三日（六日目）

玉岡勝は満員の地下鉄の車両の中でスマートフォンを見ていた。

もうすぐ午前八時になる。「誘拐サイト」が誘拐した人物の名前と写真を発表する時刻だ。

玉岡は上司の大久保に嫌味を言われた後も、毎日サイトをチェックしていた。もっとも刑事の勘が働いてというわけではなく、単なる好奇心からだ。テレビドラマのサスペンスを見ているような気分だった。

サイトの入場者は昨日の百万から一気に倍増していた。それはそうだろうと思った。誘拐した人物の名前と写真を発表するというのだから、注目を集めないはずはない。ツイッターでも、大いに盛り上がっていた。今では「#誘拐サイト」というハッシュタグで普通に検索できるほどになっていた。

「コナン・ホームズ」というアカウント名のツイッターも人気があった。「誘拐サイト」を最初に発見した人物だ。コナン・ホームズが〈誘拐犯発見！〉と書き込んでから、一気にサイトの情報が広がったのだ。

コナン・ホームズなるアカウントも謎に満ちていた。プロフィールを見るとツイッターを始めたのは三年前となっていたが、最初のツイートは数日前の〈誘拐犯発見！〉だった。それ以前のツイートは一つもない。実は、コナン・ホームズは以前は別の名前で、しかもタレントについての呟きがほとんどだったという指摘もあったが、それも本当かどうかわからない。

コナン・ホームズ自身は、どうやって「誘拐サイト」を発見したのかについては一切語っていない。しかしなぜか、〈この誘拐サイトは真実である〉とツイートしている。自分はある筋からこの情報を得ているということだった。そのため、多くのツイッター民は、コナン・ホームズをサイトの主宰者ないし関係者と見ていた。玉岡も同じ見方だった。それで三日前からコナン・ホームズのアカウントをフォローしていたのだ。

午前八時になった。玉岡はサイトを更新した。「新着」ページの色が変わっている。急いでそのページをタップすると、アップされたばかりの文章が目に飛び込んできた。

〈私たちが誘拐したのは以下の人物です〉

玉岡は誘拐された人物が複数ということにまず驚かされた。

スマートフォンをスワイプすると、下から、六人の男たちの顔写真が現れた。写真の下には名前と年齢が振り仮名付きで書かれてあった。

松下和夫《まつしたかずお》　六十歳
田中修《たなかおさむ》　五十八歳
影山貞雄《かげやまさだお》　五十七歳
高井田康《たかいだやすし》　五十四歳

大友孝光《おおともたかみつ》　五十三歳
石垣勝男《いしがきかつお》　四十五歳

写真の男たちはいずれも無精ひげで髪の毛もぼさぼさの長髪で、わずかに写っている服もよれよれだった。顔も年齢以上に老けている。玉岡の目には、どの男も普通の社会人には見えなかった。

「ホームレスでも誘拐したのかよ」

思わず声に出してしまい、慌てて口を噤《つぐ》んだ。幸い周囲の客には聞かれていないようだった。

玉岡は画面の男たちを眺めながら、これは手の込んだ遊びなのか、それともこいつらは本当に誘拐されたのかと考えた。

その時、地下鉄が京橋駅に着いた。玉岡はホームの階段を上りながら、一瞬、これを大久保に知らせようかと思ったが、そんなことをしたら、今度は怒鳴られるだけだと察し、その考えを封じた。

＊

佐野光一はサイトを見て困惑していた。まさか誘拐された人物が複数とは思っていなかったからだ。しかも六人なんて想像もしていなかった。

佐野は「誘拐サイト」の関係者として、ツイッター界でにわかに注目されていた。サイトのリンクが記されていた最初のアカウントは、佐野が〈誘拐犯発見！〉とツイートした直後に消えていたから、佐野がサイトの最初の紹介者になっていた。そのアカウントがなぜ消えたのかについては、深くは考えなかった。おそらくサイトの主宰者だろうが、何らかの事情があってのことだろう。自分には関係ないことだ。佐野は逆にそれを利用して、サイトの関係者を装い、この数日を過ごしてきた。そのためにアカウント名を変え、時間をかけて過去のツイートをすべて削除したのだ。

フォロワーが一気に増え、ツイートにも「いいね」が大量につき、リツイートの数も跳ね上がった。もっとも、彼がツイッターに書いていることと言えば、〈このサイトは冗談で作っているものではない〉とか〈誘拐犯の計画は緻密なものだ〉とか、適当なことばかりだった。それでも多くのフォロワーは、彼のツイートをありがたがり、中には熱心に質問してくる者もいた。

彼は自分が一夜にして有名人の仲間入りをしたと感じた。まさに「誘拐サイト」サマサマだった。ツイッター民の中には、コナン・ホームズは「誘拐サイト」の主宰者ではないかと見做す者も少なくなかった。だが、彼自身は敢えて誤解を解こうとはしなかった。謎めいた存在の方が魅力的に見えそうだと思ったからだ。

しかしそんな彼も今日のサイトの更新内容には戸惑った。それまでとは違い、いきなりものすごく具体的になったからだ。

六人の男たちは何者なのか。六人とも顔写真まで載せているということは実在の人物とみていいだろう。ただ、見た目はまるでホームレスだ。まさかホームレスの写真を勝手に載せたわけではないだろう。

ツイッターを開いてみた。「#誘拐サイト」で検索すると、夥《おびただ》しいツイートがあった。いずれも今日の「誘拐サイト」を見ての感想だ。皆、一様に驚いている。

〈人質ってホームレスか〉

〈これって、どこかのタコ部屋じゃないのか〉

〈適当に浮浪者を捕まえてきて写真を撮っただけじゃないの〉

そんな感想がいくつもあった。中には面白がっている者もいたし、これからの展開に期待するニュアンスのツイートも少なくなかった。

コナン・ホームズに対する質問リプライも相当数あった。一番多い質問は〈誘拐された人たちは誰ですか〉というものだった。

佐野は「そんなのわかるか！」と思ったが、ここで質問をはぐらかすわけにはいかない。今や自分のツイートは五千人ものフォロワーの注目を浴びているのだ。

しばらく考えた末に、〈誘拐された人については、これから詳しく情報が発表されます〉とツイートした。そのツイートはたちまちのうちにリツイートされ、同時にコナン・ホームズのアカウントに対してさらなる質問のリプライが多数寄せられた。

佐野は全身にアドレナリンが噴き出す感覚を味わった。自分のツイートが多くの人を熱狂させている。今、この瞬間も、自分の呟きひとつに、一喜一憂している人が五千人もいるのだ。

それで、もう一言、ツイートを付け加えた。

〈誘拐された人たちの正体については、皆さんの予想を超えることになります〉

*

東光《とうこう》新聞社会部の三矢陽子《みつやようこ》がデスクにつくと、隣の席の萩原進《はぎわらすすむ》が「三矢」と声をかけた。

萩原は会社の一年先輩だったが、年齢は大学院修了の三矢の一つ下の二十八歳だった。

それなのに、萩原は年下のように呼び捨てにする。彼女はそれがすごく嫌だった。

「何ですか」

三矢は机の上を整理しながら言った。

「三矢はツイッターをやってないんだったな」

「はい」

それは嘘だった。本名ではないが、匿名でアカウントを持っている。東光新聞の社員の中には、本名で、しかも本人認証されているアカウントで堂々と呟いている者がいるが、その無神経が理解できない。

「前から言ってるけど、ツイッターはやったほうがいいよ。うちの編集委員にもやってる人がいるんだぜ」

「たまに炎上して、会社の看板に泥を塗っている方もいらっしゃいますけどね」

萩原はおかしそうに笑ったが、三矢は愛想笑いもしなかった。

「数日前から、ツイッターで誘拐サイトというのが話題になってるんだけど、三矢は知らないよな」

「知りません」

それは本当だった。

「まあ、いたずらの類《たぐい》だと思うんだが、なんだか妙にリアルなんだよな」

「萩原さん、誘拐のリアルをご存じなんですか？」

萩原は一瞬、言葉に詰まったが、「まあ、これを見てみなよ」と言って、三矢の目の前にスマートフォンの画面を差し出した。

「これが今朝の画面。誘拐された者たちの写真がある」

「何なの――これ」三矢は写真を食い入るように見つめた。「これって、大事件じゃない。ニュースになってないの」

「なるわけないじゃん。どこかのバカの悪ふざけさ」

「実際に人物が写ってるじゃない。しかも名前付きで」

「どっかで拾ってきた画像だろ」

三矢はもう一度、写真を見た。拾ってきた画像にしては、どの写真も均質だ。同じカメラで撮った感じがする。それにフレームも同じだ。

「お二人さん、何を見てるんだ」

後ろからデスクの斎藤洋二《さいとうようじ》が声をかけた。二人は振り向いた。

「その画面は、もしかして誘拐サイトか」

「斎藤さん、知ってるんですか」

と三矢は振り返って言った。

「いや、俺もさっき知ったとこだ。若い奴に教えられてな」

「どう思います?」

三矢が訊くと、萩原が「悪ふざけですよ」とかぶせるように言った。

「多分、萩原の言うとおりだと思うが、実験するなんて言ってるから穏やかじゃないぞ。これを報道しないのかって、読者から問い合わせの電話がかなり来ているらしい」

「実験って何ですか?」

「サイトの主が誘拐した人間を使って、近々、実験をすると言ってる」

斎藤の言葉に、三矢が真剣な顔で「どんな実験ですか？」と訊いた。

「怪しげな実験じゃないかな」萩原が口を挟んだ。

「萩原さん、さっきいたずらって言ってたじゃない」

「三矢が、実験って何だって訊くから答えただけじゃないか」

萩原が怒ったように言った。

「まあまあ、二人とも」斎藤が割って入った。「我々ができることは、誘拐されたという人物の特定だな」

三矢は「はい」と答えた。

「とりあえず、萩原と三矢でサイトにアップされた人物を特定してくれ」

「こんな画像で特定なんてできませんよ」萩原が言った。「それに多分、ネットのいたずらですよ」

「あら、いたずらと思ってるのに、熱心にサイトを追いかけていたわけ」

三矢がそう言うと、萩原はふてくされた顔をした。

「まあ、十中八九いたずらだろうが、万が一ということもある。その時、うちだけが人物を特定できていなかったとしたら、赤っ恥どころじゃないぞ」

萩原の顔が一瞬こわばるのを見て、三矢は心の中で笑った。

「どうやって特定するんですか？」

萩原の言葉に、斎藤が呆れた顔をした。「お前、何年、ブンヤやってるんだ」

三矢がすかさず答えた。

「警察は免許証のデータを持っていると思います。名前と年齢が一致する人物ならまず間違いないんじゃないでしょうか。もちろん、個人情報ですから、正面から行っても駄目だと思いますが」

斎藤は頷いた。

「まあ、そのあたりはギブ・アンド・テイクだな」

「免許を取ったことがない人物なら、どうしようもないじゃないか」

萩原が口を尖らせて言った。三矢は小さくため息をついた。

「お前、小学生か」斎藤がきつい言葉で言った。「少なくとも過去の取得履歴くらいはわかるだろう。取ったことがない人物に関しては別の手段で探せばいい」

「保険会社もいろいろデータを持っていると思います」

と三矢が言った。

「保険会社はさすがに教えてはくれんだろうな。しかしまあ、何らかの方法で調べろ」

「とりあえず、私、港署の交通課に行ってみます」

三矢はそう言って、早速出かける支度を始めた。萩原はそれを横目に、「えーと、俺はネットで調べてみます」とデスクに向かった。

「お前、バカか。有名人でもないのに、検索して出てくるはずがない」

「違うんです」萩原は慌てて言った。「ネットの素人《しろうと》探偵たちが人物を特定している可能性が高いので、まずそれから見てみようと」

「ネットの情報なんて、フェイクだらけだぞ」

「たしかにフェイクもありますが、結構事実もあるんですよ。今どきのネット民はすごいんですから。大きな事件があったりすると、容疑者や被害者の情報なんて、時には新聞よりも先に正確なものが出てくるんですよ。もちろん、フェイクもありますが、それはこちらで裏を取ればいいことです」

言われて斎藤もなるほどという顔をした。

「というわけで、萩原は今からネットで調査開始です」

萩原はそう言いながらパソコンを立ち上げた。

「じゃあ、私は港署にひとっ走りしてきます」

三矢の言葉に、斎藤は「うん」と頷いた。それから萩原の背中を見ながら、「新聞記者がネットで情報を得る時代なのか」と小さな声で呟いた。

*

仲田妙子《なかたたえこ》は夫を送り出してから、洗い物をし、洗濯物を物干し竿にかけた。

三年前に会社を定年退職した夫は、子会社に再就職していた。給料は以前の半分になったが、夫婦二人きりの生活ならなんとかやっていける。二人の子供は成人して家を出ていたし、家のローンも払い終えていた。

朝の日課を片付けると、妙子は紅茶を淹《い》れ、ソファに腰を下ろした。

二十五年前に買ったソファはすっかりスプリングが弱っていた。おまけに革もぼろぼろになっている。妙子はその革を撫でながら、私みたいだと思った。いや、私はソファの倍以上も生きているんだから、それ以上にへたっているかもしれない。でも、生活の苦労もなく、こうして暮らしているのだから不平は言えない。あと二年経てば、夫の年金が入る。

紅茶を飲んでいると、テーブルの上に置いていたスマートフォンが鳴った。画面に息子の英明《ひであき》の名前が表示された。なぜ、こんな朝に息子が？　嫌な予感がして電話に出た。

「もしもし、お母さん」

声の様子はいつもと変わらない。妙子は少しほっとして「どうしたの」と訊いた。

「叔父さんて年いくつだった？」

妙子の心に小さなトゲのようなものが刺さった。平穏な暮らしの中でただ一つのしこりが弟の貞夫《さだお》のことだった。ある事件を起こして会社をクビになり、行方がわからなくなって何年もたつ。

「どうしたの。貞夫に何か用なの？」

「いや」

電話の向こうでちょっと沈黙があった。妙子の心に不安が広がった。

「貞夫は今年で五十七歳だけど、それがどうしたの」

「叔父さん――見つかったかもしれない」

「どこで見つかったの？」

「場所はわからない」

「どういうこと?」

「今、ネットで話題になってる」

背筋に冷たいものが走った。もしかしてまた何か警察沙汰でも起こしたのか――。

「なんでも、誘拐事件みたいなのが起こっていて、叔父さん、誘拐されたらしいんだ」

「誘拐事件?」妙子は訊き直した。「そんなニュース知らないわよ」

「簡単に言うと、誘拐犯を名乗るサイトが自分たちの誘拐した人物の写真をアップしたんだけど、そこに叔父さんによく似た人がいるんだよ。年齢も発表されていて、叔父さんと同い年なんだ」

英明の喋る内容が頭の中で全然整理できなかった。

「この事件は新聞にもテレビにも出てなくて、ネットの一部だけで話題になってるんだけど、本当に事件なのか、単なる悪ふざけなのか、わかってないんだ。ただ、今日、初めて誘拐された人たちの写真が出て、ちょっとした騒ぎになっている」

「ちょっと待って。言ってることが全然わからない。なんで貞夫が誘拐されるのよ」

「そう言われてもわからないけど、とにかくお母さんに知らせておこうと思って電話したんだ。叔父さんの写真が載ってるサイトのアドレスを、スマホに送るから一度見てみて」

「わかった。すぐに送って」

＊

京橋署の刑事課長の大久保寿一が署長室に入ると、進藤春馬《しんどうはるま》署長が「まあ、座れ」と言った。

「わざわざ呼び出してする話でもないんだけどな」

進藤はそう前置きして言った。

「まあ、ここだけの話ということで、来てもらったわけだ」

大久保は黙って頷きながら、何か嫌な小言でも聞かされるのかと身構えた。

「さっき、本庁の刑事部長との話の中で出たんだが、なんか誘拐サイトというのがあるらしいが、知ってるか」

「何ですか、それ」

「なんでも、実験のために男を六人誘拐したというサイトがあるらしい」

大久保はいったい何の話だと思った。もし本当にそんな事件があったのなら、わざわざ呼んでする話でもないという前置きはしないはずだ。しかし余計な口は挟まずに黙って話を聞いた。

「どうやら何日か前から誘拐犯を自称するサイトがあって、連日更新していたが、今日、誘拐した人物の顔写真と名前を公表したらしい」

大久保の記憶に数日前の玉岡との会話が蘇った。署長が言っているのは、もしかしてそのことか。

「それって、事件ですか」

「いや」と進藤は言った。「今のところは何とも言えない」

「本庁の刑事部長はどこからその情報を得たんですか」

「それがな。奥さんらしい」

大久保は思わず「えっ」と訊き直した。

「奥さん、ツイッターをやっていて、そこから見つけたらしい」

大久保は、何ですかそれは？　という言葉を呑みこんだ。進藤はわかっているというふうに軽く頷いた。

「そうなんだ。はたしてこれは事件なのかどうかもわからん。ただ、刑事部長が言うには、警察として、こういう社会不安を煽《あお》るようなサイトを野放しにするのはどうなのかと。まあ、言われてみればもっともな話だな」

「わかりました。とりあえず、そのサイトの主宰者を洗い出します。軽犯罪か迷惑防止条例違反か何かに該当するでしょうから」

「頼むぞ」

進藤は大久保の肩を軽く叩いた。そして苦笑した。

「本当にツイッターなんていうのは、バカの集まりだよな」

大久保は相槌を打ちそうになって、慌てて止めた。


大久保は刑事課の部屋に戻ると、玉岡を呼んだ。別に彼でなくてもよかったが、たまたま部屋にいた中で、一番暇そうにしていたのが玉岡だった。

「課長、何でしょう？」

いきなり呼びつけられた玉岡は不安そうな顔で訊いた。

「お前が前に言っていた誘拐サイトな」

「はい」

玉岡の顔が急に明るくなった。

「ああいう社会に不安をまき散らす行為はよろしくない。プロバイダーに問い合わせて、主宰者を割り出して注意しろ。何ならプロバイダーに直接注意してもいい」

「どういう罪状にあたりますか。先方に言われた時に、なんて言えば」

大久保はため息をついた。

「そこを考えるのが警察官だろう。まず偽計業務妨害にはあたるな」

「それってどんな罪でしたっけ」

「刑法を読め。とりあえず、すぐにやれ」


玉岡は自分の机に戻ると、パソコンに「偽計業務妨害」と打ち込んだ。すると「刑法二三三条」に入っているのがわかった。条文は「虚偽の風説を流布し、又は偽計を用いて、人の信用を毀損し、又はその業務を妨害した者は、三年以下の懲役又は五十万円以下の罰金に処する」とあった。

しかしあのサイトが具体的に誰の業務を妨害しているのかよくわからない。なおも調べると、以前、熊本地震があった時、〈動物園からライオンが逃げた〉という虚偽のツイートが流されたことがあり、そのせいで動物園に多数の問い合わせや抗議電話が殺到して職員の正常な業務に支障をきたし、当該ツイートは「偽計業務妨害」にあたると判断されたことがわかった。今回のサイトの件では自分も被害者のひとりだ。あのサイトのお陰でこんなくだらない仕事をさせられている——。

玉岡はあらためてサイトを見た。驚くことに入場者は五百万を超えていた。誘拐されたという人物たちが発表されたことで、一気に関心が高まったのだ。世間の奴らはよほど暇なんだなと、玉岡は思った。こんなくだらないサイトをわざわざ覗くなんて。

玉岡はまずアドレスからプロバイダーを探り当てようとした。ところが、アドレスには日本のプロバイダーを通した形跡がなかった。以前なら、そういうサイトのサーバーに辿り着くのは難しかったが、今は少々手間だが、何とかサイトをアップしているサーバーに辿り着ける方法がある。

もっとも、玉岡自身にはその知識も技術もない。しかし彼はそんなことは気にしていなかった。「突き止めることができる」ということを知っているのが大事で、あとはその技術を持っている者に指示すればいい。

玉岡は少し離れたところにいる同じ班の山下由香里《やましたゆかり》のところに行き、「誘拐サイト」の話を手短かにすると、「このサイトの主を突き止めてほしい」と言って、アドレスのメモを渡した。山下は若いが、パソコン関係にはめっぽう強かった。

山下はアドレスをじっと見て、「国外のサーバーですね」と言った。

「まあ、そんなところだろう」玉岡は言った。「今の技術は進んでいるから、海外のサーバーを使っても、突き止められてしまうというのを知らないんだよね。遅れてる野郎だよ」

「ですよね」

「まったくだ。そんな簡単なことも知らないで、怪しげなサイトを作るなって言いたいよ」

「じゃあ、玉岡さんがやってみます？」

「時間があればそうしたいんだけどね。あいにく他に調べないといけないことがいっぱいあってね」

「わかりました。調べておきます」

「頼むよ」

そう言って自分の机に戻る玉岡の背中に、山下は小さく舌を出した。

玉岡が机に戻って十五分ほど経った頃、山下由香里がやってきた。

「お、早いね。もうわかった？」

山下は首を振った。

「例のサイト、相当複雑にいろんな国を経由しています」

「うん？」

「サーバーを探るのもかなり困難です。仮に見つけて、削除要求や開示要求を出しても、実行までかなり時間がかかりますし、管理会社によっては要求に応じない可能性もあります」

「本当かよ」玉岡は呆れたように言った。「ただの悪ふざけにそこまでやるか。このサイト作った奴は相当なヒマ人だねえ」

玉岡はそう言って笑ったが、山下はまったく笑わなかった。彼女の表情を見て、玉岡も「あ――そういうことか」と言った。山下は頷いた。

「もしかして、本気でやってるのかもしれないのか」

「その可能性はあります」

玉岡は自分のパソコンの画面で「誘拐サイト」を開いた。これまで冗談だと思って見ていたサイトがまったく違って見えた。

「そもそも誘拐した奴は、なんのために誘拐したんだ」

「実験のためって言ってますね」

「実験って何だよ」

「知りません」

玉岡は誘拐したという人物の顔写真をあらためて眺めた。

「こいつら、どこの誰なんだ？」

「わかりません」

「今、どこにいるんだ？」

「私に訊かれても答えようがありません」

「けど、こいつらがどこかに無事でいることがわかれば、このサイトが言ってることは全部、ウソだってことだよな」

「そうなりますね」

「でも、こいつらの行方がわからなければ、ウソかどうかもわからないってわけか」

山下由香里は真面目な顔で頷いた。

＊

大和《やまと》テレビの制作部長の橋本保《はしもとたもつ》がランチを終えてデスクに戻ると、まもなく『二時の部屋』のプロデューサーの吹石博一《ふきいしひろかず》がやってきた。

「例のサイト、ネットではかなり話題になっています」

実はその話は朝の打ち合わせでしたばかりだった。何人かのディレクターが番組で取り上げましょうかと言ったのを、橋本自身が却下したのだ。所詮はネットのいたずらを番組で紹介することはできない。視聴率を一〇パーセント近く取っている番組で紹介などしたら、それこそ愉快犯の思う壺だ。だから今日の放送では取り上げないことになったのに、吹石はどういうつもりなのか。

「吹石よ。お前、テレビというものがどんな影響力を持っているか知ってるのか。うちの番組は全国ネットだ。数百万人の目に触れることになるんだぞ」

「わかっています。ですが、朝と状況が変わりました」

「変わった？」

「ツイッターでトレンド入りしたんです。サイトの入場者もどんどん増えています」

「トレンド入りのニュースなんか、毎日いくらでもある。翌日には消えている」

「そうなんですが、どんどん順位が上がってるんです。それにユーチューブやネットニュースにも取り上げられています」

「くだらん。ネットをやっている奴と、うちの番組の視聴者はかぶってないんだよ」

橋本の言うことは正しかった。『二時の部屋』の視聴者のメインは定年退職者と専業主婦だ。ネットやツイッターをしょっちゅう見ている男性サラリーマンや若いＯＬ、大学生はほとんどいない。

「けど、ＤＢテレビの『三時にポン！』では少し触れるようです」

「本当か」

「向こうの番組の構成作家にさっき電話で訊いて確認しました」

その構成作家は吹石が別の番組で使っている若手だった。構成作家の多くは局をまたいで仕事をしている。プロデューサーやディレクターがそういった構成作家から他局のネタの情報をもらうことは珍しくなかった。構成作家の中には、同じネタを別々の局に出す者もよくいた。

「もしかしたら、よその局でもやるかもしれません」

「うーん」橋本は唸《うな》った。「まずいたずらだと思うが、万が一、本当だということがわかったら、うちが取り上げていないのは問題だな」

「そうです。まあ、アリバイ作りの意味でもちょこっと触れておいた方がいいと思います」

「しかし、大義名分はどうする？」

「あくまでいたずらとして取り上げます。ただ、実在の人物らしき写真を使っているので、これはたちが悪いと。そこで、視聴者に、写真の人物を知っていますか、と訊くのです。知っている人から連絡があれば、どういう人物かわかります。もし本人から連絡があれば、いたずらだと完全に証明できます。つまり社会の不安を取り除くことができるわけです」

「なるほど、それでいこう。ただし、やるのは番組の終わり近くだ。余った時間で、今こんないたずらが流行《はや》っているみたいな感じで取り上げろ」

吹石は少し不満げな顔を見せた。

「もっと前でやりたいのか」

「番組の頭でやれば、放送中に、本人から連絡があるかもしれません。そうしたら、ハプニング的で面白いのではないかと」

「それ、いいな」橋本は思わず大きな声で言った。「それでいこう。視聴者も巻き込んでいく感じでやろう。本人から電話があったら、数字が上がるぞ」

「そう思います」


吹石はスタッフルームに戻ると、ディレクターや構成作家たちに、「誘拐サイト」を番組で扱う指示をした。

「部長からオーケーが出たんですか」

「ああ、番組の頭からやるということも了承を取った」

「さすが、吹石さんです」

ロケディレクターの渡辺公造《わたなべこうぞう》がお追従《ついしょう》を言った。

「電話、メール、ファックスで受け付ける。専用電話の回線を作っておくことと、それぞれのアドレス、番号のテロップやフリップも用意しておくこと」

「本人から電話があったら、スタジオに回しましょうか」

構成作家の井場秀樹《いばひでき》がそう提案した。

「いいな、それ。緊迫感があるよな」

「待ってください」スタジオの総合演出ディレクターの真鍋元気《まなべげんき》が口を出した。「本人確認をどうするんですか。多分、いたずらとかもいっぱいありますよ」

全員が黙った。

「スカイプで顔を写して喋ってもらったら、本人かどうかわかるんじゃないですか。サイトの写真と比較できます」

構成作家の大林健吾《おおばやしけんご》が意気込んで言うと、井場が続けた。

「スカイプのやり方がわからなければ、自撮り写真をメールか何かで送ってもらえばいい」

「なるほど。いろいろな方法がありそうだな。そこのところは臨機応変にやろう。作家を二人ほど電話係に付けよう。それで、怪しいのはハネてくれ。スタジオに回すのは、百パーセントの確信があるやつだけにしろ」

「写真の男を知っているという人から電話があったら、どうします。友人とか」大林が訊いた。

「そういうのは、なしだ。裏が取れない」

吹石の言葉に皆が頷いた。

「じゃあ、今日の構成の最終チェックをやろうか」

全員が台本を開いた。

「ちょっと待ってください」

さっきから黙っていた最年長の構成作家の毛利《もうり》正彦《まさひこ》が口を開いた。「数日前から行方が知れないという家族からの連絡があったら、どうします」

「おいおい、毛利ちゃん――」

吹石はそう言いかけて黙った。

「たしかにそういうことも想定しておいた方がいいかもしれないです」

総合演出の真鍋元気が頷いた。吹石は腕を組んだ。

「よし、もしそういう連絡が複数あれば、途中から番組構成を変える。誘拐サイトはもしかしたら本物かもしれないという形でスタジオ展開する。毛利ちゃん、その場合の想定台本を書いておいて」

「わかりました」

毛利はそう答えると、早速ノートパソコンを開いた。

＊

「六人のうち、四人はネット検索にかかりました」

東光新聞の記者、萩原はそう言いながら、デスクの斎藤のところにメモを持ってきた。

「そんなに出てきたのか」

斎藤は驚いた。以前、ネット検索でたわむれに大学のゼミの同級生の名前を打ち込んだ時、十六人中三人しか出てこなかったことがあるからだ。それから見ると、六人中四人というのは異様に率が高いと思えた。

「何をしている男だ？」

斎藤に訊かれて、萩原はメモを読み上げた。

「田中修は四葉《よつば》商事の社員です。年齢も一致します」

「四葉商事って一流商社だぞ」

「そうです」

「そんなところの社員が誘拐されていたら、今頃、大騒ぎになってるはずだ。同姓同名だろう」

「かもしれませんね」萩原はそう言って続けた。「次、いきます。石垣勝男は、平成××年の記録ですが、ＱＱ製薬の研究員です。同年に彼が出したレポートが検索に引っかかりました。平成××年入社ということなので、年齢的に合っているかと」

「それも同姓同名の可能性があるな。まあ、一応当たってみろ」

「松下和夫という名前も検索でひっかかりました。二十年前、横浜市で幼女が殺された事件があったのですが、その被害者の父親と同じ名前です」

「なんだよ、それ？　多分、それも同姓同名だろう」

「大友孝光は七年前のホームレス襲撃事件の被害者と同名です」

「ホームレスか。そっちはなんとなくあり得るな」

「大友孝光に関しては、奨励会の元会員で同名の人がいたというのが元奨励会員のブログで見つかりました。ホームレス襲撃事件の被害者と同一人物かどうかは不明です」

「奨励会って何だ？」

「将棋のプロを目指す少年たちが入っているところです。三十年前の写真を見つけたのですが、誘拐サイトのものと似ている感じがします」

萩原はそう言って、パソコンからプリントアウトした写真を斎藤に見せた。

「たしかに似てると言えば似てるが、別人だと言えば、そうとも見えるぞ。三十年も経ってるんだ。こんな写真が本人だという証拠にはならないな。これも同姓同名の可能性がある」

萩原はちょっと気落ちした顔をした。それを見て斎藤も少し気の毒になった。

「ま、それでも一応は手掛かりだ。その四人の裏を取れ」

「はい」

＊

武蔵小杉にあるＮＰＯ法人「ホームレスを支える会」の元山喜久子《もとやまきくこ》はテレビを観ていて、思わず「あっ」と声を上げた。

「どうしたの」

同僚の荒木《あらき》雅恵《まさえ》が言った。元山がテレビ画面を指さした。

「あれ、松下さんじゃない？」

「あ、本当だ――松下さん、何かやったの？」

「いや、そうじゃないみたい」

元山は手元のリモコンでテレビの音を大きくした。女性アナウンサーの声が部屋に響いた。

「……ご本人、あるいはご家族の方、またはこの人たちを直接知っているという方がいらっしゃいましたら、当番組までご連絡ください。電話、ファックス、メールでも何でも結構です。連絡先は次のとおりです。くれぐれもお間違えのないように……」

「何なの。どういうことなの」

荒木が大きな声を上げる横で、元山喜久子はテレビ画面のフリップに出された連絡先をメモした。

まもなくフリップは消え、画面は『二時の部屋』のスタジオに戻った。司会のチェリー本村《もとむら》がやや神妙な顔つきで言った。

「おそらく悪質ないたずらだとは思います。その証拠に警察が動いているという情報は摑んでいません。ですがネットの世界では結構大きな話題になり、社会不安を引き起こしているのはたしかです。さきほどの写真の皆さんが誘拐されていないということがわかれば、いたずらだと証明されます。さて、次の話題ですが――」

元山はテレビの音量を下げた。

「何々、何なの？　今、警察って言ってなかった？　松下さん、何かやったの？」

荒木が慌てて訊いた。

「誘拐されたって」

「ウソ！」

「テレビで言ってた。なんでも誘拐サイトというのがあるって。ちょっと待って、今、調べてみる」

元山はスマートフォンで検索し、「誘拐サイト」を見つけ出した。

「あった、これだ」

二人はサイトにアップされた写真を見た。

「松下さんだわ。間違いない」

元山の言葉に荒木は頷いた。

「そう言えば――」荒木は言った。「松下さん、しばらく見てないわ」

「いつから見てない？」

荒木は目を閉じて記憶を辿った。

「二ヵ月ぐらい前かしら」

「そんなになる？」

「でも、あの人、放浪癖があるじゃない。ふらっと都心のほうに行ったり。だから、またひょっこり帰ってくると思ってた」

荒木はそう言った後、納得したように「誘拐されてたなんて」と呟いた。

「そんなことまだわからないじゃない。テレビでもいたずらって言っていたし、第一、誘拐事件ならニュースになってるでしょう。新聞やテレビでもやるはずよ」

「今、テレビでやってたじゃない」

元山は黙った。

「どうする？」

荒木が不安そうに尋ねた。

「テレビ局に電話してみるわ」

＊

佐野光一は自身のツイッターのフォロワー数の激増に驚いた。

理由は大和テレビの『二時の部屋』で、コナン・ホームズのアカウントが紹介されたからだ。やはりテレビの威力はすごい。アカウント名にはモザイクがかかっていて、名前がわからないようになっていたが、ツイートはいくつかそのままテレビに映った。番組では「『誘拐サイト』を最初にツイッターで紹介したアカウント」とされ、アナウンサーには「何らかのカギを握っているアカウントの可能性がある」とも言われた。そのせいで、番組放送後から、フォロワーの数がすごい勢いで増えている。

仕事の合間にこっそりツイッターを覗くたびに、数十人単位でフォロワーが増えている。もちろんリプライの数も凄まじい。

「おい、何をにやついてるんだ」

店長の丸山豊《まるやまゆたか》がこちらを睨んでいる。佐野はドキッとした。

「いえ何も」

「仕事中に、にやにやするのはやめろよな」

丸山は不機嫌そうに言った。佐野は「すいません」と謝った。

時刻は夕方の四時半、ちょうど客が来ない時間帯だ。暇を持て余した丸山が佐野をいびってくるのがたいていこの時間帯だ。

「なんか、お前を見ていると、いらいらするんだよな」丸山は言った。「いつもは陰気な顔をしてるくせに、どういうわけか、この二、三日、やけにニタニタして気持ち悪いし」

佐野はそんなにニタニタしていたのかと思った。

「どこかでいい女でも見つけたか」

丸山はそう言った後で、「お前みたいなのにいい女がつくわけもないか」と続けた。

佐野は返事をしなかった。そうすることで、解放してもらいたかった。しかし丸山は尚も続けた。

「お前って、本当に影が薄いよな。いてもいなくてもわからない奴だよ」

それなら、俺にかまうなよと心の中で呟いた。

「お前、今、俺にかまうなよと思っただろ」

佐野はドキッとして、丸山の顔を見た。こいつは俺の心の中が読めるのか。

「何、睨んでるんだよ。やることがないなら、テーブルでも拭いとけ」

佐野はカウンターのテーブルを拭きながら、内心で「馬鹿め」と言った。俺が今、世間でどれほど注目されている男か知らないのか。影が薄い？　それはお前じゃないか。

丸山に抱いていた怒りが急に収まってきた。あんな取るに足りない奴に感情を乱されるくらい無駄なことはない。

俺は日本中の関心を集めている人間なんだ。それを知れば、丸山もあんな口はきけないに違いない。何も知らないとはいえ哀れな奴だ。世間ではお前のことなど誰も知らない。だが俺は違う。今この時も、多くの人が俺のツイートを待ち焦がれてるんだ。どうだ、お前がそんな人間になれるか。

佐野はテーブルを拭きながら、仕事が終わったら、ツイッターになんて書こうかと考えた。フォロワーたちを喜ばせるツイートをする必要がある。それに新しいフォロワーたちの期待に応えなくてはいけない。ツイートの文面を考えているだけで、また楽しくなって知らずしらずのうちに笑みがこぼれてきた。

気付くと、丸山がこちらを見ていた。佐野は慌てて顔から笑みを消したが、ふと、丸山もしかしたら、俺をフォローしているかもしれないと思った。今、早く仕事を終えて、コナン・ホームズのツイートを見たくてたまらないのかもしれない。そう思うとまた笑みがこぼれそうになり、慌てて丸山に背中を向けた。

*

「誘拐サイトの反響はすごいですよ」

構成作家の井場は番組終了後の反省会で口を開いた。

「本人を知ってるかもしれないという電話が二百五十一件、ファックスが七十一件、メールが五百十七件ありました。電話は取り切れなかったものも相当数あると思われます」

何人かが「ほー」と言った。

「ただ、大半はガセかいたずらと思われます。信憑性《しんぴょうせい》が高いと考えられるのはわずかです。もっともこれから精査しますが」

「本人からの連絡はなかったか？」

プロデューサーの吹石が訊いた。

「何人かあったようですが、いずれもいたずらの可能性が高いようです」

「そうか」

「番組中のツイッターの投稿数も凄かったですよ」構成作家の大林が言った。「こちらは数えてはいませんが、番組関連ツイートは軽く三百は超えています」

「これは視聴率が楽しみだな」

吹石は嬉しそうに言った。

「『三時にポン！』に先駆けてやったのも気持ちいいですね」

ディレクターの渡辺が追従を言った。

「まったくだ。向こうは完全に二番煎じになったな。今頃、ドジョウ掬《すく》いに必死だぞ」

吹石の言葉にスタッフ全員が笑った。

「ところで、家族や知人と思われる者の確認は誰がする？」

「乗りかかった船だから、私がやりますよ」

と井場が手を挙げた。

「一人では大変だろうから、ナベちゃんのとこのＡＤを何人か出してよ。手当は付けるよ」

渡辺は「わかりました」と頷いた。

「具体的にはどうやる？」

「可能性の高い人に対して、まずこちらから電話で取材します。いたずらの場合は、出ないか、ニセの番号でしょう。家族の場合は、写真やその他、家族と証明できるものをメールかファックスで送ってもらいます。直接、話を聞いた方がいいと思ったケースは、会いに行きます」

「うん。そうしてくれ。もし、本物の家族がいたなら、来週の月曜日の放送で使えるかもしれない」

吹石はそう言いながら、明日が土曜日なのが残念だと思った。こういうニュースは連続性が大事なのだ。週末をはさむことで、視聴者の関心が薄れるのが痛い。

「これ、本物だったらいいですよね」

渡辺が嬉々として言った。

「おいおい、不謹慎だぞ」

吹石は形だけ窘《たしな》めたが、「けど、ナベちゃんの言うとおりだ」と付け加えた。部屋にいた全員が笑った。

「これが本当に誘拐事件なら、いかにもテレビ的な事件だ」吹石は続けた。「その場合、この事件なら『二時の部屋』を見ないと、というふうにしておきたいな」

「そのためには、家族の囲い込みですかね」大林が言った。

「ほぼ家族に間違いないとなったら、しっかり食らいついておけ。その情報は間違ってもよそに漏らすな」

「警察に訊かれたらどうしましょう」

「警察はしばらくは動かないはずだ」

「そうなんですか」

「三十年以上前のことだが、『疑惑の銃弾』という記事が週刊誌に出たことがある。アメリカで妻を銃撃された悲劇の男が、実は殺し屋を雇って妻を撃たせたのではないかという記事だった」

「あ、それ、聞いたことがあります。たしか、十数年前、その男が自殺したとか」

「記事があまりにも衝撃的だったので、他の週刊誌やテレビも追いかけだした。連日、男の家に報道陣が張り付いて、何週間もワイドショーで一番の注目を集めたんだが、その時、警察はほとんど動かなかった。何ヵ月か経ってから、ようやく動いたが、立件できなかった。素早く動いていれば、立件できたかもしれなかったが、多くの証拠が消されてしまった」

「実際のところ、犯人だったんですか？」

「アメリカの警察はそう判断して、逮捕状を取ったが、日本はアメリカと犯人の引き渡し条約を結んでいないから、男はのうのうと暮らした」

「でも、サイパンに遊びに行って、現地の警察に逮捕されたんですよね」

「サイパンがアメリカ領ということを、うっかり忘れていたんだな。それで、アメリカ本国に送られてロス市警の留置場で首を吊った」

一瞬、場が静まった。

「話が逸れたが、とにかく警察は事件性が確実と判断しない限りは動かない。つまりそれまではテレビ局が自由にやれるということだ」吹石は全員を見渡して言った。「土日に、家族かどうかの確認をしっかり取れ」

スタッフは頷いた。

「ただしだ」吹石は言った。「月曜に今日の視聴率が出て、誘拐サイトの紹介コーナーの数字が悪かったら、もうこの事件はやらない。いいな。金曜日にやったことも知らん顔する」

　全員が笑いながら「はい」と答えた。

＊

　大久保寿一が京橋署の二階の廊下を歩いていると、署長の進藤春馬に後ろから声を掛けられた。

「例の誘拐サイトはどうなってる」

　進藤は言った。

「サイトの主は誘拐したとは主張していますが、はたしてそれが本当なのかどうか不明なのです。写真は出ていますが、それもどこまで信憑性があるのか何とも言えない状況です」

「なるほどな。今のところ事件性があるとは言えないな」

「はい」

「しかしそのサイトが社会不安を引き起こしていることだけはたしかだ。著しく公序良俗に反するとして、管理会社に命じて、削除させたほうがいいな」

「私もそう考えました。ですが、サイトは海外のサーバーをいくつか経由して作られたもので、開示請求や削除依頼は一朝一夕にはできないのです」

「敵はサイバーのプロか」

「まだそこまではわかっていません」

「サイトの狙いは何なんだ？　単なるいたずらでここまでやるか」

その疑問は大久保も抱いていた。そして大久保自身も答えを探しあぐねていた。

「単に世間を騒がせることが目的の愉快犯かもしれません」

「だとしたら、犯人は目的を達したな」

進藤は苦々しげに言った。

「広報から連絡があったが、夕方以降、市民からの問い合わせがいくつも来ているそうだ。これはすでに社会的な事件といってもいい」

大久保はテレビのせいだなと思った。テレビというやつは本当に厄介だ。なんでもないことを勝手に事件にする。

「本部にも相当来ているらしい」

「ですが、仮に事件だとして、これがどこで起きたかもわからない状況では、どの所轄も動けないのではないでしょうか。京橋署管内の事件なら、うちが動くのですが――」

「そうだな。何もわざわざうちが動くことはないな」

進藤はそう言った後で付け加えた。

「しかし、もしかしたら事件になるかもしれない。そうなった時、慌てることがないように、いつでも動ける準備をしておけ」

「現在、誘拐されたと発表されている人物の特定をやっているところです」

「さすがだ」


大久保は刑事課に戻ると、一係の係長の二階堂恒夫《にかいどうつねお》を呼んだ。

「誘拐された人物の特定は終わったか」

「過去の逮捕記録と顔認証システムで検索したところ、五人の身元がわかりました」

「前科《マエ》のある者がいたのか」

「影山貞夫《かげやまさだお》――誘拐サイトの発表では貞雄となっていましたが、正しくは雄ではなく夫でした。発表された年齢を生年と照合、さらに顔認証で一致したから、間違いないと思われます」

「その影山の前科は何なんだ」

「平成×年に痴漢で現行犯逮捕されています」

「痴漢!?」

「地下鉄の車両内で、女子高生の下半身を触って捕まっています」

「裁判になったのか」

「最終的に懲役三ヵ月、執行猶予三年の判決が下っています」

「十年も昔のことだから、今回の誘拐の件とは関係なさそうだな」

「おそらく」二階堂は答えた。「ただ――」

「他に何か情報があるのか」

「影山が免許証を失効したのは、痴漢事件の三年後です。もしかしたら、その三年の間に、住所を失ったという可能性もあります」

大久保は「なるほど」と言った。「痴漢事件で会社を解雇されたかもしれないというわけだな」

「可能性はあります」

「事件を起こした時、影山は何歳だった？　どこの会社にいた？」

「タクシー運転手で、四十七歳です」

それくらいの年齢なら、結婚して子供がいれば、中学生か高校生くらいかなと大久保は思った。そんな時に痴漢で前科がついた上に会社をクビになれば、その後の人生は大変だったろう。机の上の影山の写真を見ると、真面目そうな顔つきをしているが、性的な欲望は顔だけではわからない。彼が常習者であったのか、それともたまたまその時だけ魔が差したのかはわからないが、もしこのことで解雇されたとしたら、一瞬の快楽で人生を棒に振ったわけだ。事件から十年、影山はどんな人生を送ってきたのだろう。しかしそんな感傷はすぐに払いのけた。

「あと、残りの四人が過去に免許証を取得していることもわかりました。うち三人はすでに失効中で、過去に登録していた住所には住んでいないことも判明しています。現在どこにいるのかはわかっていません。ただ、死亡届は出されていません。高井田康だけが免許証を持っていますが、現在、行方不明です」

「三人が免許証を失効したのはいつだ」

「いずれも十年以上前です。全員、更新せずに失効しています」

「免許証を失効するってどんな場合だ」

「車を運転する必要がなくなった時でしょうか」

「世の中には車には乗らなくても免許証を更新し続ける人間は多いぞ。というか、ほとんどの人はそうだ」

「私の母も二十年ペーパードライバーです」

「それに免許証は手っ取り早い身分証明書にもなる。更新手続きをしないで失効するというのは普通ない。よほど、免許証更新の余裕がなくなった時か、あるいは住所を失ったか」

「そうですね」

二階堂は相槌を打ったが、その後で「住所を失うというのは、ホームレスになるということですね」と言った。

「免許証取得の記録がないのは一人だけと言ったな」

「田中修・五十八歳、だけが免許証の記録もなく、顔認証にも引っかかりませんでした」

大久保は頷いた。田中くらいの世代で、車の免許を持たない男がいるのも珍しいと思ったが、六人中五人の身元がわかっただけでも収穫だ。

「五人の家族はどうなっている？」

「いくつかの保険会社に問い合わせたところ、三人が過去に保険に入っていることがわかりました。そこから家族名が判明し、うち、二つの家族の現住所がわかりました」

保険会社には警察官の天下りが何人もいる。こういう時にはそれが役に立つ。

「家族には連絡したか」

「いえ、現時点ではまだ」

「まあ、そうだな。現時点では事件と言えるものかどうか何とも言えないからな」

「そうなんです。やはりいたずらのケースは捨てきれません。世の中には、常人では考えられないことをしでかす奴がいますから。ユーチューブなどで、注目を浴びるためなら、犯罪すれすれ、いや明らかな犯罪行為までやる奴もいますから」

大久保は半年前に起きた日本橋の高層マンションからの飛び降り自殺狂言を思い出した。あの時は、野次馬が山ほど出て、大騒ぎになった。警察官と消防署員が必死で自殺を思いとどまらせようと説得にかかったが、何のことはない、実は狂言で、その騒動を自分のスマホに撮って、ユーチューブにアップしていたのだ。

「インターネットが普及してから、これまでなかったような、くだらないいたずらが増えたな」

「おっしゃるとおりです。ですから、今回のことも単なる愉快犯の可能性があります。世間を大騒ぎさせた挙句、全部ウソでしたーって発表する――」

「そんなのに警察が振り回されるわけにはいかんが、ただ、万が一ということもある」

「はい」二階堂は言った。「ですが、まだ被害届も出ていないので、捜査を命じるわけにもいきません」

大久保は頷いた。

「このあと、別の捜査に張り付いていた鈴村《すずむら》さんが戻ってくるので、彼に状況を話してみます」

「鈴村さんか」大久保は言った。「彼なら、サイトの写真を見て何か気付くかもしれんな」

＊

佐野光一は仕事を終えてアパートに戻ると、スマートフォンを取り出した。そして仕事中に考えていた文章をツイッターに打ち込んだ。

〈誘拐した人たちは全員元気です。ご心配なく〉

打ち込んだ途端に、すごい勢いでリツイートされていった。皆が待っていたんだと思った。

続けて、今夜の本命ツイートを打ち込んだ。

〈明日、誘拐した人の動画をアップします〉

こちらの反響はさっき以上に凄かった。〈キター！〉とか〈マジか！〉とか〈ものすごい展開〉といったリプライが相次いだ。

当然の反応だと思った。誘拐された人の動画が見られるとなれば、これほど刺激的なことはない。しかも動画がアップされれば、本当の誘拐だとほぼ確定される。

佐野はいつのまにか誘拐は事実だと考えるようになっていた。確たる根拠があるわけではない。「誘拐サイト」を毎日のように見ているうちに、そう信じるようになったというだけだ。もちろん彼には「誘拐サイト」を作った人物の思惑など知る由もない。しかし明日、動画がアップされなくてもかまわないと思っていた。アップされなければ、「事情が変わったので、予定を変更した」と書けば済む。大事なことは観客を盛り上げることだ。

　ふと、ツイートを付け加えた。

〈誘拐した人たちの動画は、まず二人です〉

　途端に、フォロワーの間に反応が起きる。

〈待ってました！〉〈動画楽しみー！〉〈期待大！〉〈なんだよ、この小出し感〉〈じらしプレイか〉というリプライが立て続けに寄せられた。それらを見て、佐野は笑った。いいぞいいぞ、もっと盛り上がれ。

　自分がフォロワーの心を自在に操っているような感覚に陥った。同時に酒に酔ったような気持ちよさが全身に染み渡るのを感じた。

## 五月十四日（七日目）

　鈴村耕三《こうぞう》は六時半に目覚めると、昨夜作ったシチューをキッチンの電子レンジで温めた。ごはんがちょうど炊き上がったところだった。五年前に妻を亡くしてからは、すっかり一人暮らしが板に付いている。妻が病気で倒れるまでは、家ではインスタントラーメンさえ作ったことがなかったが、今では料理のレパートリーも増えている。

刑事一筋の人生だった。捜査に夢中になると、家に帰らず、署に寝泊まりすることもしょっちゅうだった。頭の中は犯人を追い詰めることしかなかった。昇任試験にも興味がなく、定年間近だというのに、いまだに巡査部長だったが、そのことに後悔はない。ただ、警察を辞めたら、長年苦労をかけた妻と一緒に全国の温泉を廻るという夢を果たせなかったことだけが心残りだった。一人娘は十年前に嫁いでいた。

鈴村は七時半になったのを確認すると、事務机の前に座り、スリープしていたパソコンにパスワードを打ち込んだ。すぐに「誘拐サイト」の画面が現れた。

昨日、一係の係長の二階堂からそのサイトを教えられて見た時の第一印象では、いたずらとは思えなかった。いたずらにしてはサイトがシンプル過ぎる。しかし誘拐が事実だとも考えにくかった。六人の男を一度に誘拐するなんてあまりにも荒唐無稽すぎる。

このサイトを刑事課で最初に話題にしたのは玉岡らしい。玉岡は一係のお荷物刑事だ。三十四歳にもなって、いまだに学生みたいな気分で仕事をしている感がある。大久保課長や二階堂からしょっちゅう怒鳴られている。若い刑事には比較的甘い鈴村でさえも時々いらいらする。しかしそんな玉岡だからこそ、このサイトにいち早く反応したのだろう。

鈴村は、このサイトがここ数日、世間の一部で騒がれていることも二階堂から聞かされるまで知らなかった。昨日まで、大掛かりな振り込め詐欺の捜査でほとんど署に顔を出していなかったからだ。誘拐サイトのことも、コナン・ホームズのツイッターのことも二階堂に教えてもらった。

セットしていたコーヒーが入った。鈴村はパソコン画面を横目で見ながら、コーヒーを机の上に運んだ。時計を見ると、八時まであと十五分ある。「誘拐サイト」はいつも八時ちょうどに更新されるということだ。録画ソフトは昨夜のうちにセットしていた。動画がアップされた後に削除される可能性も考えてのことだった。

はたして本当に動画はアップされるのだろうか。動画はどれくらいの長さなのか。今、この時刻、自分と同じようにパソコンの前に座って「誘拐サイト」の画面を見つめている人間がかなりいるはずだ。土曜日なので、通勤客はいつもより少ないだろうが、電車の中でスマートフォンで見ている者もいるだろう。中には車を運転しながらスマートフォンを見ているドライバーもいるだろう。誘拐サイトを見ながら事故でも起こした日には、目も当てられない。

もし動画が配信されたら、何かが変わるのだろうかと考えた。誘拐サイトは事実と考えていいのだろうか。いや、それは決定的な根拠とはならない。ただ、現実に「誘拐された」と名指しされている人物が実在していることがわかるだけだ。いや、それも確定的ではない。動画が過去の映像なら、彼らが現存するかどうかもわからない。ただ、もし動画がアップされたら、コナン・ホームズが誘拐サイトの仲間という確率はぐっと高くなる。

八時になった。

ブラウザの更新ボタンをクリックすると、はたして新着画面が現れた。タイトルは〈誘拐した人物その1〉とある。タイトルをクリックすると、動画が開いた。

画面中央に一人の初老の男のバストショット。画像はやや粗い。カメラは固定されているようだ。男は胸に名前が書かれた札をぶら下げている。金釘流《かなくぎりゅう》の字で「松下和夫、六十歳」と書かれていた。漢字にはルビが打たれている。書体は筆跡をごまかすためだなと思った。男は写真と同じ薄汚れた灰色のシャツを着ていた。

男は不安そうに正面を見つめている。何も喋らない。ただ音声は消されていない。部屋のノイズがかすかに聞こえる。男は右を向き、それから左を向いた。おそらく誰かの指示だろう。男が首を動かすと、わずかに衣擦《きぬず》れの音がする。

画面が一瞬黒くなり、次に別の男が現れた。さきほどの男と同じように、名前が書かれた札を胸にぶらさげていた。「高井田康、五十四歳」とある。同じように右を向いてから左を向いた。そして動画は終わった。全部で一分足らずだった。

鈴村は動画をもう一度最初から見直した。すると、後ろの壁に新聞らしきものが貼られているのが確認できた。見出しの文字の輪郭らしきものがかろうじて見えるくらいだったが、紙面のレイアウトはわかる。後で確認しなければならないが、おそらく今日の朝刊だろうと思った。動画がこの朝に撮られたものであることを証明するために貼ったのだろう。部屋の全体像はわからなかった。広さも天井の高さも、窓の位置もわからない。

これは素人の仕事じゃないなと思った。プロの犯罪者かどうかはわからないが、相当、周到に考えられている。となると、本物の誘拐事件か——。一係の係長の二階堂からサイトの話を聞かされた時は、京橋署ともあろうものがネットのいたずらに何を慌てているのだと内心呆れたが、ただのいたずらとも思えない。

久々に血が沸きたってくる感覚があった。ケチな振り込め詐欺ではこうはならない。誘拐事件となれば、本気でかからなければならない案件だ。おそらく、まだどこの署も動いていないはずだ。警察というところは、実際の被害者が現れるか、または不正な金が動くか、あるいは死体でも出ない限り、捜査に取り掛かることはない。疑惑だけで動くようなことはない。

京橋署でやるか、と思った。ふつう捜査本部が置かれるのは、事件発生現場の所轄署だ。ただ、それは慣習的なもので、どこで事件が起こったかわからないケースは、最初に手を挙げた署に優先権がある。問題は、これが本当に事件と言えるものであるかどうかだ。

鈴村は新しいコーヒーを淹れると、腰を落ち着けてサイトを初めからじっくりと見直した。

＊

着信で表示された番号は見知らぬ携帯電話からのものだった。

元山喜久子は少し迷ったが、電話に出た。

「もしもし、私は大和テレビの『二時の部屋』のスタッフですが、元山さんの携帯でよろしいでしょうか」

「あ、『二時の部屋』さんですね。はい、元山です」

「今少しお話しさせていただいてもよろしいでしょうか」

「大丈夫です」

「元山さんは例の誘拐サイトに出ていた人物をご存じということで、当番組にご連絡くださったのですね」

元山の心臓が急に早鐘を打ち始めた。

「電話を取った者のメモによると、元山さんは松下和夫さんをご存じだとか」

「あ、はい。そんなに知ってるわけじゃないんですが。私、ホームレスの方を支援している団体のボランティアをしていまして。私たちが支援している方の中に、松下さんがいらっしゃったのです」

「なるほど、今、松下さんはどちらにおられますか？」

「それが――二ヵ月ほど前から行方不明なのです」

電話口の向こうで少し沈黙があった。

「松下さんは二年ぐらい前からずっと多摩川の河川敷で暮らしていました。その前はどこにおられたのかは知りません。あ、家はありません。ベニヤ板で作った小屋で寝ておられました」

電話の向こうは黙っている。元山は相手が自分を疑っているような気がしてついつい早口になった。

「松下さんはよくどこかへ出かけました。放浪癖というのでしょうか。何日かしてふらっと帰ってくるのです。どこへ行っていたのかと訊いても、笑って答えてくれません。それで、またどこかへ行ったのかなと思っていたら、昨日のテレビで——。私、もうびっくりして」

「元山さん」

突然、名前を呼ばれて、思わず「はい」という声が裏返ってしまった。

「今日か明日、直接お会いして、詳しいお話を伺えないでしょうか」

元山は予想外の展開に戸惑ったが、「はい」と答えていた。

「えーと、今日の午後ですと、事務所におります」

「ホームレス支援の団体の事務所ですね。住所は川崎市中原区小杉町ですね」

元山は「そうです」と答えながら、昨日の電話で事務所と住所を伝えたことを思い出した。

「わかりました。では、午後二時にお邪魔します」

井場は電話を切った後、結局、当たりはこれだけだったなと思った。朝から十数件電話して、ことごとく裏切られた。「知っている」という者も、突っ込んで話を聞くと、よく似た人を知っているとか、昔、会ったことがあるような気がするとか、まったく頼りない返事しかしない。かなり脈のありそうなケースもあったが、直接、会って話をしたいと言うと、途端に「それは困る」とか「そこまでして話をする気がない」とか言い出すのだった。

もしかしたら、そういう返事をした者の中には本当に本人を知っている者もいるかもしれないが、わざわざ時間を作って会いに行く気は起こらなかった。警察ならこういうのも全部当たっていくのだろうなと井場は思った。そうやってひとつひとつ潰していって、最後に残ったのがホンボシということになるのだろう。

しかし自分は刑事じゃない。仕事の一環ではあるが、そこまでの労力を求められても困る。ただ、「全部外れでした」と報告するのも嫌だったので、松下和夫を知っているという元山喜久子に当たったのはラッキーだった。

井場はボイスレコーダーを背広のポケットに入れると、マンションを出た。

＊

「松下さんについては実はよく知らないのです」

元山は言った。

「というのも、自分のことはほとんど語らなかったので」

「ここではホームレスの方の前歴なども聞き取り調査するのですか」

「ええ。昔、どんな仕事をしていたとかは。なかなか喋らない人もいますけど」

井場はなるほどと思った。わかる気がする。

「でも、よく喋る方の前歴がでたらめということもよくあるけどね」

横から、スタッフの荒木雅恵が言った。元山は苦笑した。

「そうなんですか」

井場が訊くと、元山は「たまにそういう方もいらっしゃいます」と答えた。

「前に、昔は弁護士をしていたと言う人がいました。それで、たまに法律相談に乗ってもらいました。法律用語もすごく知っていて、完全に信用しました」

「でも、違ったわけですか？」

「あとでわかったんですが、その人、昔、ニセ弁護士をやっていて、何度か警察に捕まったことがあったんです。若い頃、弁護士事務所に勤めていて、〝門前の小僧〟で覚えたんですね」

荒木が言うと、元山が「違うわよ。中松《なかまつ》さんは司法試験を受けるために何年も勉強してたのよ」と訂正した。

「どっちにしても、ウソじゃない」

「まあ、そうだけど――」

「テレビの放送作家をやっていたという人もいましたよ。昔はＪＨＫの朝ドラの台本も書いたことがあるって。あれも多分ウソよね。そんな人がホームレスになるかしら」

井場は苦笑いしたが、それはもしかしたら嘘じゃないかもしれないと思った。朝ドラのシナリオを書けるのはたしかに一流と認められた放送作家だが、その実績だけで、ずっと飯を食えるほど甘い世界じゃない。実際、井場がこの業界に入ってきた二十年前は肩で風を切っていた放送作家の先輩たちで、今は消息さえも知れない人がいくらでもいた。

「他にも一級建築士をやっていて、横浜市庁舎の設計をやったと言う人もいたわ」

荒木が思い出したように言った。

「松下さんはそういった経歴はまったく語らなかったわけですね」

井場は話題を強引に戻した。

「あの人は自分のことはほとんど語らない方でした」

「どういう人柄でしたか」

「ものすごくいい人でした」

元山は「ものすごく」に力を込めて言った。

「そんなにいい人でしたか」

「はい、それはもう」

荒木も頷いた。

「あの人は自分のことよりもまず他人という方でした。ホームレスであいう人は珍しいです。寝るところのない人を見つけると、自分のところに寝かせたり、食べ物なんかも分けてあげたり、皆から『仏の松下さん』と言われていたんです」

「へー『仏の松下さん』ですか。奇特な人なんですね」井場は言った。「ホームレスの中に親しい人とかいらっしゃいませんでしたか」

「うーん。どうなんでしょう」元山は少し考えるそぶりを見せた。「親切な人でしたけど、人と打ち解けることはあまりない人でした。ホームレスの人には多いのですけど」

「姿を見なくなったのはいつ頃ですか」

「あの後、調べてみたんですけど、最後にフリーフードの配給を受けに来たのは三月十日です。それ以降は見ていません」

「誘拐サイト」が立ち上がったのは五月八日だ。もし松下が誘拐されたとしたら、その二ヵ月前ということになる。他の五人も同じ頃に誘拐されたのだろうか。その五人も松下と同じホームレスなのか。しかし誘拐された人間全員がホームレスなら、家族からの通報がないのも納得がいく。ほとんどのホームレスは家族との縁が切れているか、そもそも家族がいない。

井場は元山たちの話を聞きながら、この誘拐事件は本当に起こっていることかもしれないと思った。

＊

『週刊文砲』編集長の桑野《くわの》宗男《むねお》は先々週の実売率を見ながら、小さくため息をついた。実売部数が少しずつではあるが確実に減っている。それは当たり前だと思った。せっかく何週間もかけて取材した記事が、発売した翌日にはもうネットで流されている。スマートフォンがあれば、どんな内容なのか全部わかってしまう。わざわざ四百円以上も金を出して週刊誌を買う人間はむしろ酔狂なタイプとも思えるほどだ。

それなのに役員たちは、編集部の気合が足りないと言う。勝手なことを言うなよと桑野は心の中で毒づいた。お前たちがやっていた頃はネットもないし、スマートフォンもなかったんだ。その証拠にどこの週刊誌も売れた。もう時代が違うんだよ。

それでも売る努力は続けないといけない。読者が食いつきそうなネタを毎週ぶち込んでいくのは週刊誌の宿命だ。それにここで踏ん張らないと、将来、役員の目がなくなる。

編集会議が始まると同時に、記者の森田《もりた》勉《つとむ》が手を挙げた。

「来週、誘拐サイトのネタをやりませんか」

「誘拐サイト」のことは桑野も知っていた。ただ、いまだネット上の怪しげな話の域を出ていない。

「真偽が定かじゃないだろう。警察も動いていない」

デスクの林原達夫《はやしばらたつお》が言った。

「そうなんですが、やはり人質とされる人物たちがホームレスというのはたしかなようです。今、5ちゃんねるとかツイッターとかで、彼らの経歴とかが結構出てきてるんです。ボランティア団体の情報もありますが、それ以外の情報はいずれもかなり古い話で、最近のものはないんです。つまり、これはホームレス説を裏付けていることになるかと」

「なるほど」

「それに実はミノさんが動いているらしいんです」

「ライターの蓑山か」桑野は言った。「あいつの勘はなかなかいいからな。で、どういう記事にするんだ」

「彼らがどんな人生を送ってきたか、どういう過去を持っている男たちかを書いたらどうでしょう」

「それは面白そうだ。ホームレスになるくらいだから、よほどツキにも見放されていたんだろうが、そういう男たちがよりにもよって、誘拐されたなんて、まったくドツボの人生だよな。そういう話はウケるな」

「どうやって調べる？」林原が訊いた。

「蓑山さんは足で調べると言っていますが、我々はツイッターとか5ちゃんねるにある情報からフォローします。5ちゃんねるなんかには、彼らが昔勤めていた会社名なんかが書かれていますから、その会社に直接当たるのも手です」

「おいおい、週刊誌記者がネットから情報をもらうのか」

「ネットをバカにしたら駄目ですよ」

編集部内で一番若い角田《かくた》雅美《まさみ》が言った。「ユーチューブで、たまに反道徳的な動画をアップする人がいるじゃないですか。マンションの貯水槽の中で泳いだりとか、食堂の厨房で食べ残しを客に盛り付けるとか。ああいう動画はネット民がたちどころに投稿者の本名や住所を晒《さら》してしまいますからね。週刊誌記者なんか勝てないですよ」

「新聞で被疑者の名前が伏せられている少年犯罪も、ネットでは名前も顔も暴かれますからね」

森田がかぶせた。

「そうなると、これからは、犯罪捜査もネットに頼る時代が来るかもな」

編集長の桑野の言葉に、皆が笑った。

「でも、ネットは絶対じゃないんですよね」角田が言った。「前に、煽り運転の車に同乗していたということで晒されて、ネットで袋叩きにされた女性がいたんですが、実はまったく関係のない赤の他人だったってこともありました。ネットではそういうデマが瞬時に広まるケースも少なくありません」

「ネット冤罪《えんざい》だな」デスクの林原が言った。

「まあ、それがネットの怖さだ」桑野は真面目な顔で言った。「ネットから情報を拾うのもいいが、必ず裏を取れよ。ネットのガセをそのまま記事にしたりしたら、とんだ赤っ恥だからな」

森田は「わかっています」と答えた。

＊

昼過ぎに目覚めた佐野は「誘拐サイト」の動画を見て驚いた。自分がツイートした通りに、二人の人物の動画がアップされていたからだ。

リプライの数はすごいことになっていた。

〈これって、やっぱり事件じゃね〉

〈リアルタイム犯罪ってすごい〉

〈動画の迫力、半端ない〉

という動画のインパクトに純粋に驚いているリプライに交じって、〈コナン・ホームズって神？〉〈コナンって何者？〉という自分に言及したリプライもあった。コナン・ホームズの正体についての考察リプライも少なくなかった。中には〈コナン・ホームズ様〉という呼びかけで直接疑問を寄せてくる者もいた。今や日本中が俺に注目している

――そう思うと、佐野は全身がぞくぞくするほどの快感を覚えた。

仕事中も頭の中はそのことでいっぱいだった。ただ、ひとつ気になるのが、「誘拐サイト」が、自分のツイート通りに二人の動画をアップしたことだ。これは偶然の一致か。それとも誘拐サイト主宰者が自分のツイートを見ているのか。もしそうならこれほど嬉しいことはない。誘拐サイトの主宰者が自分を認めてくれたということだからだ。もし

かしたらサイトの主宰者は、自分が誘拐サイトの最初の紹介者であるということを評価してくれているのかもしれない。

佐野は実験をしてみようと考えた。夕方、店長の目を盗んで、トイレの個室の中からツイートした。

〈明日、残り全員の動画をアップします。乞うご期待！ みんな元気でやっているので安心してください〉

トイレから出る頃には、すでに十個以上のリプライがあった。

五月十五日（八日目）

東光新聞社会部の三矢陽子は朝の八時に新たな四人の動画を確認した。すなわち田中修、大友孝光、石垣勝男、影山貞夫の四人だった。これで誘拐された六人全員の動画が出たことになる。もっとも、「誘拐サイト」の言っていることが正しければだ。

ここまではツイッターアカウント「コナン・ホームズ」のツイート通りに事が運んでいる。コナン・ホームズは誘拐サイトの関係者であると見て間違いないようだ。

昨日、萩原が新聞検索とネット検索で突き止めた人物のうち、二人は単なる同姓同名の他人であることが判明していた。四葉商事に勤めていた田中修は現在は子会社に再就職している。QQ製薬に勤めていた石垣勝男は今も現役の社員だった。先輩記者の萩原が電話取材をすると、「サイトに同じ名前が出たことで迷惑している」と困った様子だったらしい。

ホームレス襲撃事件の被害者となった大友孝光に関してはわからなかった。裁判記録から辿ろうとしたが、当時、犯人たちは未成年だったらしく、事件の記録に関しては閲覧不可だった。しかし年齢が合っていたので、こちらは本人の可能性がありそうだ。元奨励会員と同一人物かどうかはわからなかった。

松下和夫に関しては、二十年前に娘を殺された男と同一人物であることがわかった。年齢が一致していることと、当時、彼が勤めていた会社の同僚から、動画の人物にそっくりだという証言を得たからだ。松下は事件の数年後、会社を辞め、現在の消息を知っている者はいなかった。

つまり現段階では、この事件が本当に誘拐事件であるという確証は取れない。

もしこの誘拐が事実だとしたら、と三矢は考えた。その目的は何なのか？　ホームレスを使って何の実験をやるというのか。それはいったい誘拐犯にとってどんな利益があるのだろう。

三矢の脳裏に嫌なイメージが浮かんだ。二十年以上前に神戸で起こった小学生連続殺傷事件だ。この時、犯人は「さあゲームの始まりです」と書かれた手紙を被害者の口の中に入れていた。さらに前には東京・埼玉での連続幼女誘拐殺人事件がある。この時も犯人は新聞社に犯行を綴った自意識過剰な手紙を送っている。いずれもまだインターネットが普及していない時代の犯罪だった。もし今みたいにネットを気軽に使いこなせる環境だったら、それらの事件の犯人たちはネットを使っていたに違いない。

そこまで考えて、三矢はぞっとした。もしかしたら誘拐サイトの主は、自らのサイトでおぞましい動画を配信するつもりではないだろうか。常軌を逸した人間ならやりかねない。だとしたら、それを未然に防ぐために警察に届けるべきではないのか。

おそらく警察は動いていないだろう。今もサツまわりをしている経験でわかる。こんなサイトをいちいち捜査していたら、とてもじゃないが警察官の数が足りない。

しかし自分が警察に「捜査すべき」と言っても聞いてもらえるとは思えない。どこから被害届が出されれば別だが――と考えた時、そうだ！　と閃いた。誘拐されたという人の家族からの行方不明者届が出されたら、警察も動かざるを得ない。

そのためには、まず誘拐された人の家族を見つけることだ。

*

佐野光一は今や生まれて初めて、全能感に似た感覚を味わっていた。

自分がツイッターで呟いたことが次々に的中する。そして多くの人が自分のツイートを神の啓示のように読む。フォロワーは五十万人を超えた。今も一日一万人以上増え続けている。

「誘拐サイト」が自分のツイート通りに事を進めているのが偶然の一致ではないことは明らかだ。誘拐サイトは間違いなくコナン・ホームズのツイッターを見ている。

佐野は自分が誘拐サイトを操っているような錯覚に陥った。誘拐サイトは自分の指示を待っている――そんな気分になってくるのだった。

佐野はスマートフォンを片手に、ツイッターの文面を考えた。今、フォロワーたちはどんな言葉を待っているのだろうか。そして世間は何を期待しているのだろう。

やがて佐野は口元に笑みを浮かべると、文字を打ち込んだ。

〈明日、我々の実験計画の内容を発表する〉

おそらく世間はあっと驚くに違いないと思った。そのことを想像するだけで、身体中が震え出すほどの興奮を覚えた。

## 五月十六日（九日目）

三矢陽子は午前八時前からパソコンの前に座って待機していた。「誘拐サイト」はスマートフォンでも見られるが、動画の場合は大きい画面の方が見やすい。

湾岸沿いにあるマンションの南側の窓からはすでに強い日の光が差し込んでいたため、半分カーテンを閉めていた。東京湾を一望できる気持ちのいいリビングだったが、日中、パソコン作業をする際には明るすぎる。

昨日のコナン・ホームズの予告だと、誘拐サイトはついに目的を発表する。コナン・ホームズが誘拐サイトの関係者であるのは確定的だろう。ツイッターで広く拡散し、多くの人をサイトに誘導するのが「彼」の仕事だ。その役目は充分に果たしている。すでに彼のフォロワーは五十万人を超えている。

さっきからずっと胸がドキドキしている。重苦しい不安で全身が覆われている。実験の内容が不快なものでないようにと祈った。いきなり画面上で残酷な動画を目にしようものなら、今日一日がブルーになる――。

＊

玉岡勝は月曜日のぎゅうぎゅう詰めの地下鉄の車両の中で、なんとか右手を上げてスマートフォンの画面を睨んでいた。周囲にも同じような格好でスマートフォンを見ているサラリーマンが何人もいる。もしかしたら、俺と同じように、「誘拐サイト」を見ている者がいるのかもしれないなと思った。

誘拐サイトが立ち上がって九日目、ようやく実験の内容が明かされる。いったい、その内容とは何だ。さっきからワクワクが止まらない。贔屓《ひいき》のプロ野球の球団の勝敗速報を見るような気分にも似ていた。もし、これが単なる愉快犯のいたずらだったら承知しないからな、とさえ思った。その時は迷惑防止条例でも何でも適用して逮捕してやる。

玉岡は八時五分前から何度も誘拐サイトの更新ボタンをタップしているが、ホーム画面に新着情報の文字は出なかった。誘拐サイトが八時ちょうどに更新されることは知っていたが、はやる気持ちを抑えられなかったのだ。どうして、そんなに時間厳守なんだよ、と心の中で毒づいた。たまにはフライングしてもいいだろうに。待ってる者の気持ちにもなれってんだ。

＊

『二時の部屋』のプロデューサーの吹石は珍しく早起きして、「誘拐サイト」の新着情報を待っていた。

誘拐サイトが今日の八時に「実験内容」を発表するというのは、昨晩、番組の総合演出の真鍋元気からメールで知らされていた。

できたら衝撃的な内容であってほしい。それなら、今日の番組で大々的に取り上げることができる。誘拐された人たちの動画がアップされたのは、番組の放送がない週末だったため、悔しいことに別の局の番組で先に流されてしまった。

しかし土日をかけて、たっぷりと編集したＶＴＲがある。その目玉シーンは、ホームレスの支援団体のボランティア女性の証言だ。昨日、急遽撮影したものだが、編集されたＶＴＲを見ると、写真を指差しながら本人に間違いないというくだりはリアリティがあってなかなかの迫力だ。誘拐されたうちの一人の消息を最初に見つけたのは『二時の部屋』だ。これを流せば、他局は地団太《じだんだ》を踏むだろう。視聴率も二桁を十分狙える。

しかし、今日の誘拐サイトの発表次第ではどうなるかわからない。もしも「どっきりカメラでしたー」みたいなオチなら最悪だ。編集ＶＴＲもボランティアの証言も全部お蔵入りだ。

吹石は画面の前で、頼むぞ、と呟いた。期待を裏切らないでくれよ。

＊

ライターの蓑山はパソコンの画面を見ながら、口をぽかんと開けた。

「誘拐サイト」が発表した「実験」が、想像をはるかに超えていたからだ。彼は落ち着いてもう一度サイトの文章を読み直した。

〈私たちが誘拐した人物を使って行なう実験は、一度きりです。すなわち、実験であると同時に本番でもあります。その内容とは、私たちが誘拐した六人の人物を人質として、以下の企業・団体に身代金を要求するというものです。それぞれに対する要求金額を記します。なお、身代金を払わない場合、人質の命は保証しません〉

驚愕すべきは身代金を要求された企業名と団体名、それに金額だった。

大和テレビ　八億円
東光新聞　七億円

ＪＨＫ　三億円
常日《じょうにち》新聞　二億円

蓑山は、はたしてこれが本気なのかどうか、すぐには判断がつかなかった。あまりにも荒唐無稽、まさしく前代未聞の出来事だったからだ。

これまで企業に身代金を要求する事件はいくつもあった。しかしそれらはすべてその企業の役員や社員を誘拐している。昭和に起こった「グリコ森永《もりなが》事件」は食品会社の商品を「人質」に取ったものだった。しかし今回、誘拐された人物は全員ホームレスだと言われている。その噂には信憑性と同時に信頼性もある。というのも、どうやら家族から警察に被害届が出されている形跡がないようだからだ。

もし人質が全員ホームレスなら、身代金を要求された新聞社やテレビ局にとっては、おそらくなんの関係もない者たちだろう。つまり新聞社やテレビ局にとっては身代金を支払う理由はどこにもない。

また身代金を目的とした営利誘拐事件では、人質の安全のために、しばしば報道規制が敷かれる。しかし今回の場合は、すでにいくつかのテレビ局が事件を取り上げている。

つまり警察は堂々と捜査できるし、これも犯人側にとっては不利な要素の一つだ。考えれば考えるほど、この事件は奇妙奇天烈なものに見えた。

蓑山は大きくため息をついて、椅子の背にもたれた。

＊

三矢陽子は会社に着くなり、デスクの斎藤のところに行き、「誘拐サイトを見ました？」と訊いた。

「ああ」斎藤は苦笑した。「予想外の展開だな」

「笑ってる場合じゃないですよ」

「そう言っても笑うしかないじゃないか。うちは身代金を払う義務なんて、これっぽっちもないんだぞ」

「それはそうなんですが、うちが名指しされてることは事実だし、これってうちは被害者ということでしょう」

「まあ、一応被害者ということになるのかな」

「被害届を出さなくていいんですか」

「それは上の方が決めることだ」

「上は何て言ってるんですか」

「まだ、わからない。特に何も言ってきていない。今頃、役員が相談しているかもしれない」

三矢は話したこともない重役たちの顔を思い浮かべた。いずれも六十歳過ぎの老人だ。インターネットは知っているだろうが、とても使いこなせているとは思えない。

「役員の皆さんはこのことを知ってるんでしょうか？　つまり誘拐サイトのこととか、今回の身代金のこととか」

「それは知ってるだろう」

「どうしてそう言えるのですか」

三矢に詰め寄られて、斎藤は言葉に詰まった。

「まだ何も知らない可能性だってありますよ」

斎藤は黙った。

「この事件、まだ警察は動いていませんし」

「そうみたいだな」

「警察は被害者が出ない限り、捜査しません。でも、被害届が出されれば別です」

「なるほど。うちが被害届を出せば、警察も捜査せざるを得ないというわけだな」

斎藤はしばらく迷っている感じだったが、「わかった」と言って立ち上がった。

＊

大和テレビの役員会議室には、社長を含む七人の役員たちが険しい顔をして集まっていた。

役員の中で一番若い五十歳の立石学《たていしまなぶ》が口を開いた。

「今回、あるサイトが我が社に身代金を要求してきた件ですが、皆さんにお配りの資料に、経緯が簡単に記されています」

その資料には、「誘拐サイト」がこれまで公開してきた内容が時系列順に並べられていた。誘拐された人物の顔写真も添付されている。

「人質の写真はサイトの動画から抜き出したものです」

役員たちは頷きながら資料のページをめくった。

「なんで、うちが身代金を要求されないといけないんだ」

常務の近藤哲治《こんどうてつはる》が言った。立石は「それはまだわかりません」と答えた。

「人質とうちとの関係は？」

もう一人の常務の岡野洋二《おかのようじ》が言った。

「それも現在のところわかっていません。人質全員がホームレスではないかと言われていますが、まだ確定ではありません。今のところ、ホームレスとわかっているのは二人です。資料にあります大友孝光と松下和夫です」と立石が説明した。

「その二人は昔、うちの社員だったのか」

誰かの冗談に何人かが笑った。

「くだらん冗談はやめろ」

社長の大森亮一《おおもりりょういち》が言った。皆が黙った。

立石は説明を続けた。

「大友は七年前に少年たちに襲撃されて大怪我を負った過去があります。松下についての情報はまだありません。現在、うちの『二時の部屋』のスタッフが、詳細を調べています」

「もしかしたら、人質の中にうちの社員の関係者がいる可能性もある。全社員にこの情報を知らせて、心当たりのある者や何か気付いた者はすぐに上に報告するよう伝えろ」

立石は「わかりました」と答えた。

「ところで社長」副社長の沢村政男《さわむらまさお》が言った。「警察に被害届を出さなくていいのでしょうか」

「出すのは当然だろう」

大森は強い口調で言った。

「大和テレビに身代金だと！」大森は吐き捨てるように言った。「ふざけるにもほどがある。ホームレスを攫《さら》って何になるんだ。こんな犯人は絶対に捕まえないといかん」

役員は全員頷いた。

＊

「本日、東光新聞からの被害届を受理しました」

京橋署の刑事課長の大久保が進藤署長に報告した。

「最初は本部のほうに問い合わせたようですが、東光新聞はうちの管轄なので、被害届をこちらで受理することになりました。実は大和テレビも麹町署に被害届を出していたのですが、これもうちが受理します」

「ということは、正式に事件として捜査できるわけだな」

「はい」

「本部はなんと言ってる？」

「一応、注目はしているようですが、はたして事件として取り扱っていいのかまだ判断がつかないと担当の刑事が言っていました」

「そうだろうな」進藤は言った。「本部としたら、捜査本部を立ち上げたはいいが、実はネットのいたずらだったってことになれば、赤っ恥だからな。所轄にやらせておけというのが本音だろう」

大久保は答えなかった。

「しかし、もしかしたら、大きなヤマかもしれん。そうなると、これから注目を浴びる」

進藤は京橋署が事件を担当することを喜んでいるふしがあった。今やこの事件は世間の耳目を集めつつある。これを解決すれば、京橋署の株もぐっと上がる。進藤は刑事畑を歩いてきたノンキャリアの叩き上げで、定年まであと二年だった。肩書は警視だが、今後これ以上の出世はまずない。だから、純粋に大きなヤマをやっつけたいという警察官としての意欲の表れなのだろう。

「解決したら大殊勲だが、失敗したら署にも傷がつく」進藤は言った。

「署長の顔に泥を塗ることはしません」

大久保の言葉に、進藤はにやりと笑った。

「元からそんな奇麗な顔じゃない。キャリアでもないんだから、気を遣う必要はない」

進藤は昔気質《かたぎ》の親分肌の警察官だ。大久保も若い時に鍛えてもらった。この上司の定年前の花道を飾りたいと思った。

「捜査に必要な人員はいるか」

「とりあえず、一係の二階堂班を投入します。足りなくなれば、二係も投入します」

「二階堂は優秀な男だ」進藤は言った。「それに一係には鈴村もいるしな」

鈴村は進藤と同期のベテラン刑事で、刑事課の中では最年長で、課長の大久保よりも年上だった。役職が巡査部長なのは出世にはまるで興味がなく、刑事畑一筋に生きてきたからだ。

「もし、このヤマが本当に大掛かりなものとなれば、いずれ本部が出張《でば》ってくる」

「はい」

「しかし、最後はうちでホシを挙げろ」

大久保は「はい」と答えて部屋を後にした。


大久保は捜査本部を立ち上げた。

メンバーは署長に報告したように刑事課の一係だった。京橋署の刑事課は四係まである。大きなヤマとなれば、他の係も投入するつもりだった。二階堂以下の十人の刑事が三階の会議室に集まった。

「集まってもらったのは他でもない。例の誘拐サイトの件だが、東光新聞が被害届を出したことで、今後は正式に捜査を行なう」

大久保の説明の後、班長の二階堂恒夫が事件の発端からこれまでの経緯を語った。刑事たちはメモを取っている。

「今のところ、手掛かりは誘拐サイトの声明文と画像だけだ。さて、何から手を付ける？」

大久保がそう言って刑事たちを見渡すと、安藤太一《あんどうたいち》が手を挙げた。

「確認なんですが、これって本当に誘拐事件なんですか？」

「正直言って、まだよくわかっていない」大久保は答えた。「しかし、いたずらだとしても、非常に悪質で、社会に不安をもたらしていることは事実だ。そういう意味では事件と言って間違いない」

玉岡が手を挙げた。

「ツイッターのコナン・ホームズをまず事情聴取しましょう。彼は第一発見者を装っていますが、徐々にぼろを出しています。彼のツイッターの予言通りに、サイトが更新されています。犯人の行動を知りえる人物、つまりコナン・ホームズが犯人の仲間か関係者であることは明白です」

二階堂は、仲間と関係者はどう違うのだと思いながらも、頷いた。それでも一応は一係最古参の鈴村に「鈴村さんはどう思う」と訊いた。

「多分、関係ない」

鈴村はあっさりと答えた。玉岡が「どうしてですか」と不満げに訊いた。

「この犯人は非常に慎重だ。それはサイトを海外のサーバーに置いていることからも窺《うかが》える。ツイッターなんかで足がつくようなことはしない」

「とばし携帯を使っていたら、足がつかないんじゃないですか」

「その場合でも、どの場所からツイッターに打ち込んだのか記録が残る」

それでも玉岡は引き下がらなかった。

「コナン・ホームズが場所を特定されないように、町のいろんな場所から打ち込んだり、電車の中から打ち込んだりしている可能性もありますよ」

「その場合は防カメに写る危険性がある。彼がツイートしている時間は圧倒的に深夜が多い。そんな時間に電車は走ってないし、街中を歩くのは不自然だし、防カメですぐに特定できる」

鈴村は続けた。

「あと誘拐サイトとツイッターの文体はまるで違う。サイトの文章が抑制されていて、無駄な情報が一つもないのに比べて、コナン・ホームズのツイートは、やや饒舌《じようぜつ》な感じがする。文章に知性も感じられない。また誘拐サイトでは一貫して『誘拐した人物』と表現しているのに、コナン・ホームズはときどき『誘拐した人』とか『誘拐した人たち』と書いている。少なくとも同一人物の文章ではない」

「別人が書いていたら、不思議でも何でもないんじゃないですか」

「もちろん、その可能性もあるが、そうする理由がない」

玉岡は黙った。

「ツイッターの内容に沿ってサイトが更新されていることについてはどう思う」

二階堂が鈴村に訊いた。

「単なる偶然か、あるいは——」と鈴村はひと呼吸置いて言った。「犯人が面白がって、ツイッター通りに事を進めているのかもしれない」

「なんで、そんなことする必要があるんですか」玉岡が納得いかない顔をした。

「何というか、この犯人にはちょっとした遊び心がある。最初の人質の動画だが、後ろの壁に東光新聞のその日の朝刊の一面が貼ってあった。次に二人目の人質の時には二面に替わっていた」

「それが何なんですか？」

「翌日には、三面、四面、五面と順番に紙面のページを替えている」

「それが遊び心ですか」

「全然笑えないユーモアだが、まあ一種のおふざけだな。つまり犯人は意味のないことをやる人物と考えることができる。これは犯人の欠点かもしれない」

「紙面を替えたことに意味があるかもしれないじゃないですか」玉岡がしつこく食い下がった。

鈴村が「どんな？」と訊くと、玉岡は「それは――これから調べるんじゃないですか」と言った。

険悪な雰囲気になりかけたところに、大久保刑事課長が割って入った。

「いずれにしても、コナン・ホームズの事情聴取は行なおう。今のところ、重要な手掛かりであることは間違いない。まずはツイッター社に情報開示を求める。それから任意で事情聴取を行なう。異論はないな」

鈴村は頷いた。玉岡は、異論がないなら最初から黙っててほしいな、と小さな声で言った。

「次にやらなければならないのは、人質の特定だ。サイトがアップした名前と年齢、それに写真しか情報がないが、それさえどこまで本当かわからない。しかし、とりあえずはその情報を頼りに調べていくしかない。今のところ、どこまでわかっている？」

「免許証取得の状況から判明しているのは、次の五人です」

安藤が五人の名前を読み上げた。

「高井田康に関しては四年前の写真と比べたところ、本人に間違いないと思われます。他の四人に関しては、登録された写真はいずれも十年以上前で、動画よりもかなり若い頃の写真で、断定は難しいですが、ほぼ本人と考えていいかと思います。ただし登録された住所には、現在、いずれも他人が住んでいます」

「家族からの問い合わせはないのか？」

「全国の各警察署には、いくつか来ているようですが、まだこちらには届いていません」

「いたずらもあるだろうが、直接、家族と会って、戸籍と照らし合わせれば、裏が取れるな」

「本日中には、ほぼわかるのではないかと思います。あと、こちらからも現在、五人の本籍地と住所があった地域の署に問い合わせ中です。住民票の移動があれば辿れますが、なければそこまでですね」

「家族がいない場合はどうなる？」

大久保が訊いた。

「知人や友人、あるいは親戚からの連絡を待つしかありません」

安藤が答えた。

「免許証取得の記録がない者が一人いるということだが、世代的に、免許証を取得していないのは珍しい。そいつはわりに早くからホームレスになった可能性もあるな」

「あるいは、犯人が発表した名前が違っているか」

鈴村の言葉に、皆がはっとした。

「何のために？」

「それはわからない。人質が偽名を使った可能性もあるし、犯人が字を間違えたケースもあるかもしれない。ただ、動画を発表しているから、それを見た人から情報が上がってくるだろう」

何人かが頷いた。

「人質に関しては引き続き捜査を続行」

二階堂はそう言っていったん話を打ち切った。

「次に、犯人のアジトというか、動画の配信場所の特定だな」

「有力なのは、関東圏です」

橋口正夫《はしぐちまさお》が言った。

「根拠は、動画に写っていた東光新聞が首都圏版だったことです」

「朝一番で東京で買って、新幹線を利用すれば、かなりの距離を移動できるんじゃないですか」玉岡が疑問を口にした。「首都圏版の新聞を使ったのは、一種の陽動作戦とも言えます」

「動画撮影が八時以前に行なわれたのは間違いないから、その場合、かなり早くに電車に乗る必要がある」

橋口が指摘した。

「新幹線の始発に乗ったとすれば、一時間あればかなりの範囲を移動できます」

「新幹線での移動の場合、駅の防カメの問題がある。動画配信されたのは乗客の少ない土日なので、朝の六時過ぎに新幹線ホームにいれば、かなり犯人を特定しやすくなる」

「その可能性もあるから、駅の防カメを当たってくれ」

二階堂は橋口に指示した。

「車を使ったということも考えられます」三田良夫《みたよしお》が発言した。「ただ、その場合はN

システムで追跡しますが、都内のどこから出発したかもわからないし、該当する車を見つけるのは簡単ではないですね」

「それでも、首都圏から百キロ圏内というところでしょう」橋口が推測を口にした。

「犯人はわりと近くにいると思います」

「まあ、今のところは首都圏に潜伏と仮定しておこう」二階堂が皆を見渡して言った。

「ところで、犯人の人数はどれくらいと考える」

「人質が六人ですから、犯人の数は少なく見積もっても二人以上と考えられます」

玉岡の言葉に何人かが笑った。

「まあ、たしかに一人でやるには大変だ」大久保も思わず笑った。

「人質は年を食ってるとはいえ成人男性です」橋口が言った。「六人を制圧するには、最低でも三、四人は必要でしょう。実際にはもう少しいると見るのが普通でしょう」

「犯人の屈強さにもよるな」大久保は言った。「現時点では、犯人の人数に関する手掛かりもないが、犯人は三人以上十人以下と想定しよう」

「仮に犯人を十人とした場合、人質を入れて十六人となりますね」安藤が言った。「すると、犯人のアジトはかなりの大所帯となります」

めいめいが手を挙げて意見を述べた。

「犯人が三人としても九人になる。小さなマンションでは難しいかもしれない。物音もするし、近隣の目もある。男が入れ替わり立ち替わり出入りすると、どうしても目立つ」

「一味には女もいるかもしれない」

「マンションじゃなくて、雑居ビルのようなものかもしれない」

「一戸建ての可能性もある」

「工場や倉庫を使っているかもしれない」

「人質は分散して監禁しているかもしれませんよ」

玉岡の言葉に、皆が彼の方を見た。

「人質を分散しておけば、小さなマンションがいくつかあればいいし、いろんな県にまたがって監禁することもできます」

「その可能性は低い」鈴村がぼそっと言った。「動画はすべて同じ部屋で撮られている」

「そんなことわからないじゃないですか。部屋の壁なんて簡単に擬装できますよ」

「それはない。人質が写っている部屋の光度も光源の位置も同じだった。部屋を変えて撮れば、どうしても光に微妙な変化が出る」鈴村は淡々と言った。「仮にそのあたりを完璧にしたとしても、人質を分散して監禁するのは、それだけ人員を割かざるを得ないしリスクも高くなる。そんな手間をかけるくらいなら、前もって広めのアジトを用意すると考える方が自然だ」

「居住スペースの問題から、同じビルやマンションの複数の部屋に分散しているということはあるかもしれないじゃないですか」

「お前、さっきいろんな県にまたがって分散していると言ってたじゃないか」

安藤の言葉に皆が笑った。

大久保も笑いながら、内心で、どうもいま一つ緊迫感がないなと感じた。しかしそれも仕方がない。捜査本部は立ち上げたものの、実は本当に事件が起こっているのかどうか、完全に確定したわけではないのだ。

「まあ、今のところは何もわからないという状況だな」大久保は締めくくるように言った。「とりあえず橋口は防カメとNシステムから当たってくれ。三田と山下はツイッター社にコナン・ホームズの情報開示請求。あとの者は、各署に人質の家族の情報を訊いて、人質の特定を急いでくれ」

刑事たちは頷いた。

能性が高いと思われる」

「あと、何かあるか」

鈴村が手を挙げた。

「人質のひとりはホームレスという情報がある。だとしたら他の人質もホームレスの可能性が高いと思われる」

「うん」

「したがってホームレスへの聞き込みをやるべきだと思う。人質になった人たちを知らないかとか、最近、行方不明になったホームレスがいないかなど——。もしかしたら、攫われたところを目撃した者がいるかもしれない」

「たしかに六人を力ずくで攫ったとなれば、どこかで見られているケースがあるかもしれんな」

「あるいは、金で釣られた可能性もある」鈴村が付け加えた。「いい仕事があるからと誘い出されたのかもしれない」

「なるほど」二階堂は相槌を打った。「もうひとつ、マル暴の線もあるかもしれない。ホームレスを日雇いで雇っている手配師グループなら、ホームレスを集めるのに慣れているだろう」

「有力な推理だな。早速、本部の組対に問い合わせてみよう」大久保が言った。

「過激派くずれが資金稼ぎで行なった可能性もあります。外国人グループの線もあります」

安藤の言葉に大久保は頷いた。

「半グレの線もありませんか。面白がっての犯罪かもしれません」玉岡が言った。

「まあ、その線もないとはいえない」大久保は言った。「現段階ではどれかに絞るわけにはいかないが、とりあえず、ホームレスを日雇いで使っている連中を探ってくれ」

*

「大森さん、何か大変みたいですな」

大手芸能事務所マイスター・プロダクション社長の高橋一郎《たかはしいちろう》は、席に着くなり言った。

大和テレビ社長の大森亮一は苦笑いした。

「例の誘拐サイトか。まったく迷惑な話だ。そもそも——」

その時、個室の扉が開いて、レストランの給仕が来たので、大森は口を噤んだ。

大森ら四人の客はランチのコースを頼んだ。給仕が部屋を出ると、大森が口を開いた。

「私はまだいたずらと考えている。だから、具体的な方策は取っていない」

「やっぱりいたずらですか」

元プロ野球選手で現在はテレビ解説者の大山明《おおやまあきら》が頷きながら言った。

「まだわからんがね。大和テレビが慌てるようなことじゃない」

「じゃあ、身代金は払うつもりがないと」

映画監督の別宮報徳《べつみやほうとく》が言った。

「当たり前じゃないか。うちは何の関係もないんだよ。いや、仮にうちの社員が人質だったとしても、身代金など払わない。卑劣な犯罪に屈するわけにはいかないからね」

「今の言葉、社員が聞いたら、ちょっとショックを受けるかもしれませんね」

別宮の軽口めいた言葉に大森はちょっと気色ばんだ。

「社員が誘拐されて、いちいち企業が金を払っていたら、会社なんてもたない。第一、誘拐ビジネスの横行を許すだけじゃないか」

他の三人は頷いた。

「ましてうちと何の関係もない人間——噂ではホームレスということじゃないか。なんでうちが身代金を払う必要があるんだ」

「本当、そうですよね」

大山が阿《おもね》るように言った。

「でもね、今回の事件は興味深いですよ」別宮がにやにやして言った。

高橋が「何が興味深いのかね」と訊いた。

「身代金目的の誘拐というやつは、普通、大金を払ってでも取り返したいと思う人物が狙われる。そうでしょう。だから、家族にとってかけがえのない子供を攫ったり、会社の重役や社長を狙う」

残りの三人は頷いた。

「また身代金の額も、その重要度に比例する」

「そりゃそうだ。社長と平社員の額が同じではおかしいからな」

高橋の冗談に皆が笑った。

「ですよね」大山が相槌を打った。「プロ野球選手が誘拐されても、ホームラン王と二軍の選手では額が違うでしょうね」

「そういうこと」別宮は頷いた。「身代金の法則があるとすれば、それです。ところが、今回の誘拐事件、噂によると人質はホームレスということですが、これはある意味、世の中で最も価値が低い人間と言えなくもない。こんな言い方をするのは何ですが、金額を付けようがない人質というか――」

皆が黙って聞いていた。

「つまり、今回の誘拐事件は、完全に法則から外れているわけですよ」

「しかし、うちが狙われる理屈がない」

大森が不満げに言った。

「そうなんです。犯人は敢えて、新聞社やテレビ局に身代金を要求したのでしょう」

「どうしてだ」

「新聞やテレビは社会の公器と言われていますよね。民間企業でありながら、公的な存在に近い。また日頃、社会正義を標榜《ひょうぼう》し、人権や命の大切さを謳《うた》っている。だからこそ、敢えて新聞社とテレビ局を標的にしたとは考えられないでしょうか」

「全然理屈になってない」大森はむっとして言った。「そんな道理は通じない」

「もちろんです」別宮は同意した。「これは私の想像に過ぎません」

「いや、別宮さんの話は面白い」高橋が感心したように言った。「つまりはこういうことですか。彼らはテレビ局や新聞社に、命の値段を訊いた、と」

「実際には彼らは質問はしていません。しかし彼らがつけた値段が妥当かどうかを尋ねたと言えるでしょうね。つまりどの額なら払えるか、と」

別宮が言った。

「荒唐無稽な論理だが――」大森はむすっとして言った。「犯人の思考の可能性としてなら、あるかもしれない。しかし、もしそうだとしても、一から十まで自分勝手な理屈だ」

そして強い口調で言った。

「うちは断じて犯人の要求には応じない。たとえ、身代金が一万円でも払わない」

＊

今日がシフトの休みでよかったと佐野光一は心から思った。おかげで一日中、ツイッターを見られる。

朝の八時に「誘拐サイト」が身代金を要求する相手を発表すると同時に、ツイッターは「祭り」状態になっていた。多くの者がこの事件について呟き、九時を過ぎた頃からトレンド一位になっていた。とてもすべてのツイートを追いきれない。もし、今日、店に出ていたなら、禁断症状でおかしくなっていたかもしれない。

佐野は自分が誘拐サイトを発見し、ツイッターで知らしめてから、この「事件」への世間の見方がどのように変化しているのか、肌感覚として摑んでいた。

初めのうちは注目度も低く、おおむね「いたずら」と捉えられていたが、日を追うごとに知る人が増え、それにしたがって本物の誘拐事件と見る者がどんどん増えていった。佐野の見るところ、今や八割くらいの人間が「いたずら」ではなく「事件」と受け止めている感じだった。

それゆえか「なぜ、新聞やテレビで大々的に報道しないのか」という声がかなりある。実際、新聞報道はいまだ皆無だし、テレビもワイドショー以外は扱っていない。

佐野自身もそのことには不満を覚えていた。ツイッターの中には、「警察はこの事件を意図的に黙殺している」と憤る意見も少なくなかった。ホームレスの人権など誰も考慮していない。だから、たとえ殺されたところで黙殺してしまえば事件はなかったことになるという理屈だ。一方で、「この事件は外国勢力あるいは国際犯罪組織が絡んでいて、公安が動いている」という陰謀論もあった。

佐野自身はもちろん事件と確信していた。シャレやいたずらで、ここまでのことができるはずがない。そして自分はこの事件の関係者の一人である。おそらく犯人も自分に一目置いている。というのも、「彼ら」はずっと自分のツイート通りに動いているからだ。それだけ自分のツイートが的確なのだろう。もしかしたら、彼らは次にどうすればいいのか迷っているのかもしれない。それでコナン・ホームズの指示を参考にしているのだ。というか、彼らは今や自分の指示を待っている——。ならば、次の指示を出さなければならない。それは同時に世間を驚かせ、満足させるものでなくてはならない。佐野は頭を絞って考え、やがて思い付いた。それは人質たちに喋らせるというものだった。

## 五月十七日（十日目）

その朝、「誘拐サイト」がアップしたのは、人質の音声付きのメッセージ動画だった。映像では人質のひとり、石垣勝男がカメラ目線で訥々《とつとつ》と喋っていた。

「私の名前は石垣勝男です。今、誘拐されています。皆さん、どうか、助けてください」

わずか十一秒の動画だったが、人々の注目度は高く、動画がアップされて十分のうちにサイトの入場者は十万を超えた。

「出ましたね。とうとう音声付きの動画が」

『二時の部屋』の朝の企画会議で、総合演出の真鍋は開口一番言った。

「ネットでは大変な騒ぎですよ」構成作家の井場が言った。「ツイッターではあっという間にトレンド一位です。この事件を面白がって動画を作っているユーチューバーも増えてきています」

「もちろん、今日の放送で流しますよね」

「それは当然だが、うちがやる前に、朝のワイドショーでたっぷりこすられまくっているからな」

吹石が悔しそうに言った。

「けど、誘拐サイトについては、うちがさきがけと見られています。たしかに動画そのものは、朝からこすられまくってますが、視聴者は、うちがどのように事件を切るかを楽しみにしています」

「たしかにそうだ。で、動画の分析はどうだ。独自の切り口がいけそうか」

吹石はまんざらでもない顔をした。

「ネット情報では言葉に佐渡なまりが入っているということです。方言学の先生に当たって確認を取るのはどうでしょう」

「そうだな。石垣が佐渡島出身ということになれば、かなりの手掛かりになるな。あとは心理学の教授を誰か入れて、動画の口調から現在の心理を分析させろ」

「十一秒の動画で、心理分析なんかできますかね」

「できるかできないかなんて、どうでもいいんだよ。視聴者が何となく納得するようなことを言ってくれる先生を見つけるんだ。難しいか」

「大丈夫です。テレビに出たくてたまらない大学教授なんて掃いて捨てるほどいますから、どんなコメントでも出してくれますよ」

＊

東光新聞社の編集局長、丸岡健也《まるおかけんや》はいつもより早めに出社した。社長秘書から、午前十時から緊急役員会議が開かれるというメールをもらったからだ。

本社に着いたのは九時半だった。デスクに届けられた郵便物を確認した後、秘書にコーヒーを頼んだ。

メールには会議の議題は書かれていなかったが、「誘拐サイト」のことだというのはわかっていた。そのサイトが東光新聞を名指ししたのは昨日だった。役員の中には、何らかの対策を練るべきと言った者もいたが、社長の岩井《いわい》保雄《やすお》は、そんなものに新聞社が振り回されてどうする、と一笑に付した。

しかし今回、緊急の役員会が開かれることになったのは、状況に変化が生じたことを意味した。もしかしたら人質の音声付きの動画が岩井の気持ちを変えたのかもしれなかった。人間の声というのは、インパクトがある。ややなまりのある声で訥々と「助けてください」と訴える言葉には理屈を超えた力があった。また世間の関心が一気に高まったということもあったのかもしれない。

丸岡自身は土日の動画で、もしかしたらこれは本当の誘拐事件ではないかと思っていたが、記事として取り上げるべきかどうかは躊躇《ちゆうちょ》していた。まだ警察が動いていないものを事件として報道するのは勇み足と思えたからだ。「ネットの悪質ないたずらが世間を騒がせているという形で取り上げるのはどうでしょうか」と言ってきた社会部のデスクがいたが、そんな記事を書いて、もし事件だったたということになったら、とんだ恥さらしだ。それでこれまで記事にさせなかったのだが、今日は社としても何らかのコメントを出さざるを得ないだろう。

「甚《はなは》だ遺憾ではあるが――」

社長の岩井がそう前置きした。

「今、世間を騒がせている誘拐サイトなるものが、身代金を我が社に要求するという発表があった。もちろん、我が社にはそんなものを支払う義務はない。しかしながら、我が社の名前が出た以上、何らかのコメントを発する必要がある」

役員たちは黙って頷いた。

岩井は東光新聞では独裁的地位にあった。営業畑出身でありながら、編集委員やデスクを押しのけて社長に就いた男で、営業部長時代は代理店や各企業と丁々発止のやりとりで広告収入を飛躍的に増やし、その剛腕から「ブルドーザー」という異名を付けられていた。また人脈も広く、財界や政界にまで影響力を持っていた。

「社長の言われることはもっともです」副社長の安田《やすだ》常正《つねまさ》が阿るように言った。「ただ、ことは人質の安否に関わる問題です。コメント発表には細心の注意を払う必要がありま す」

「身代金ではなく、注意を払うわけですね」

専務の木島満男《きじまみつお》の軽口に、役員たちは笑った。しかし岩井がにこりともしないのを見て、皆、笑うのをやめた。

「そこで、今から皆さんに書面をお配りしますが、その文面を本日の夕刊の社会面に載せようかと考えております」

常務の立花秀夫《たちばなひでお》が全員に紙を配った。丸岡は、なんだ、もうそこまで決まっていたのかと思いながら、それを読んだ。

「今月初め誘拐サイトなるサイトを立ち上げた者たちが六人の人物を誘拐し、彼らを人質にして、当社を含む複数の企業に身代金を要求するという事件が起こりました。身代金目的の誘拐は許されざる犯罪であり、人質の命と引き換えに金品を要求するという行為は最も卑劣なものです。これを認めれば、社会の治安と安全は成り立ちません。したがって我が社は犯人の身代金要求を断固拒否するものです。東光新聞社長　岩井保雄」

「いいんじゃないでしょうか」

専務の木島が言った。役員たちも同意した。

「編集局長の目から見てどうだ」

副社長の安田が丸岡に訊いた。

「いいと思います。ただ、この断固という言葉はどうでしょうか」

「どこが引っかかる？」

「断固拒否するという姿勢は当然なのですが、読者の心理を考えると、少し突き放したように見えないかと」

「こういう犯罪には強い姿勢で臨むことが大切なんじゃないか」

立花が言った。

「もちろんそうです。でも、読者の目には、東光新聞が人質を見捨てたように見えないか、という気がして――」

「丸岡君」岩井が静かな声で言った。「時代は一九七〇年代とは違うんだよ。かつてダッカ空港のハイジャック事件では、時の首相が人命は地球よりも重いと言って、超法規的措置でハイジャック犯に多額の身代金を支払った。その時は、国民の多くもその決断を支持した。が、今は違う。こういう卑劣な犯人には断固とした態度を取ることを国民も望んでいる」

「はい」

社長にそう言われれば納得するしかない。

「他になにか細かい文言で気になるところがあれば遠慮なく言ってください」

安田はそう念押ししたが、役員たちは何も発言しなかった。

「それでは、本日の夕刊にこれを載せます。夕刊の配達がない地域には、明日の朝刊に載せることになります」

*

「それでは経営会議を始めたいと思います」

ＪＨＫ副会長の篠田《しのだ》正輝《まさき》が言った。

この日は月に二回の経営会議の日だった。出席者はＪＨＫの会長と副会長以下、十五人の全理事と十二人の経営委員だった。公共放送であるＪＨＫは外部からの経営委員を置くことが決められていて、彼らは会社経営者、大学教授、弁護士など多様な職種から選ばれていた。

「ただ、まずはイレギュラーというか、予定にはなかった話題に触れます。極めて異例のことですが、これから話すことは議事録には載せません」

篠田の隣に座っている会長の高村篤《たかむらあつし》が苦虫を嚙み潰したような顔をしている。

「また、ここでの話は他言なさらないようにお願いいたします。とくにマスコミには絶対に喋らないようにお願いします。話は、例の誘拐サイトについてです。ＪＨＫも身代金を要求されていることは、すでに皆さんもご存じだと思います」

全員が頷いた。

「まず、ＪＨＫの見解をお話しします」篠田は言った。「ＪＨＫはこの卑劣な犯罪者に対しては毅然とした態度で臨むこととし、当然ながら身代金は一切、払いません」

会議室全体に重苦しい空気が漂った。

「ＪＨＫへの身代金要求はいくらでしたか」

経営委員の八田尚義《はったなおよし》が訊いた。八田は小説家である。

「三億円です」

「ＪＨＫの内部留保三千億円から見たら、はした金やね」

八田は大阪弁で言った。

「はした金だからって、払っていいという話じゃないでしょう」

同じ経営委員で東都《とうと》大学教授の本橋淳子《もとはしじゅんこ》が咎《とが》めるように言った。

「何も払えって言うたわけやない。三千億から見たらはした金と言うただけや」

「そんな言い方は不謹慎じゃないですか」

「どこがやねん」

険悪な空気になりかけた二人に、「今、話題に上った内部留保についてですが」と篠田が割って入った。

「内部留保も含めて、ＪＨＫの資産の原資は、すべて国民の皆様からいただいた受信料です。その貴重な受信料を犯罪者に渡すわけにはいきません」

「ＪＨＫはそのことを公式に発表する気はあるのか」

四葉商事の社長で経営委員の一人でもある加山康太《かやまこうた》が質問した。

「そのことに関しましては、現在、会長並びに理事と相談しているところです」

「国民の不安を解消するためにも、早めに発表する方がいいと考えるね」加山が言った。

「そうでなければ、ＪＨＫは身代金を払うつもりなのかと考える国民も出てくる」

「そんなこと考える奴はアホでしょう」

八田がからかうように言った。加山がむっとしたように八田を睨んだ。

「ＪＨＫとしては、発表する方向で考えています。その時期については、これから検討していきます」

「こういうのは早い方がいい」

経営委員で弁護士の長野《ながの》光興《みつおき》が言った。

「おっしゃることは理解しております」篠田は言った。「ただ、人質の問題もあり、彼らの身の安全を考えた場合、強い拒絶は犯人側を刺激する可能性もあり、発表のタイミングを測っているところです」

何人かの経営委員が頷いた。篠田が続けた。

「また、実際に犯行がなされたかどうかは完全に断定できないというのが警察の見解でもあり、そのタイミングで早々に発表するというのも、いろいろと各方面に波紋を広げる恐れもあります」

「狂言の可能性があるのか」

加山が言った。

「狂言というか、いたずらの可能性が捨てきれないということかと思います。あくまで警視庁本部の意見です」

「たしかに、身代金は払わないといち早く宣言して、実はいたずらでしたってわかったら、ＪＨＫはアホ丸出しになるし、同時にＪＨＫって結構冷たいなっていうイメージが広がるよな」

八田はそう言って大きな声で笑った。

「そういうことですので、今の話は議事録にも載せませんし、皆様も他言無用でお願いいたします」

篠田は言った。そして一つ咳払いした。

「では、これからはレギュラーの経営会議に戻ります。ここからの発言は議事録に載せます。まずはＪＨＫの新社屋建設についてです」

＊

「こんにちは」

蓑山は高田馬場にある雑居ビルの一階事務所のドアを開けると言った。

「午前中にお電話した蓑山ですが」

「ああ、どうぞ。お待ちしていました」

奥の机に向かって座っていた中年の女性が立ち上がって挨拶した。

「飯田《いいだ》さんですか」

「そうです」

飯田洋子《ようこ》は手にノートを持ってやってきた。

「電話でもお伝えしたように、誘拐サイトに載っていた人物には心当たりがありません」

「はい」

「ただ、私どもも新宿区のすべてのホームレスを把握しているわけではありません。ホームレスの方は文字通りホームレスなので、あちこちを転々とされる方も多くいらっしゃって」

蓑山は頷いた。それは午前中の電話でも聞かされたことだし、どこの支援センターでも聞かされたことだった。

「でも、ここでボランティアをされておられる皆さんは、本当にホームレスの人々のために頑張っておられて、頭が下がります」

「ありがとうございます」

飯田は言った。

「ホームレスの皆さんのお話を聞いていると、本当にお気の毒で——人間って、ちょっとしたことで、簡単に転落するんですよ」

「そうかもしれませんね」

「ですから、私なんかもボランティアをしながら、明日は我が身かもしれないという気持ちになります」

飯田は悲しそうな顔で言った。

「それにしても、誘拐サイトって、何ですか。本当にホームレスの人を誘拐したなら、とんでもないことです。よりにもよって家族とも離れて暮らしているホームレスを攫うなんてひどすぎます。いったい、犯人は何を考えているのでしょう」

「それについては私も同意見です」蓑山は言った。「それで何かの手掛かりを見つけられないかと思って伺ったわけです」

「ああ、そうでしたわね。ホームレスの人と直接お話をしたいということですね」

「お願いできますか」

「いいですよ。今から行きましょう」

蓑山がホームレスたちから聞き出したいことは、人質についての情報だ。どこかで人質を見たことがないか、あるいは会話を交わしたことがないか。なんらかの消息を知っている者がいないか。もし人質がホームレスなら、何らかの接点があるかもしれない。

ただ、ホームレスは警戒心が異常に強い。いきなり行っても何も喋ってくれないばかりか、時には多数のホームレスに取り囲まれることもある。しかしボランティアと一緒なら、彼らも警戒心を解いて、話に応じてくれる。

今日は朝から、都内の支援団体に顔を出して、何人ものホームレスに話を聞いていた。ここまででめぼしい情報はゼロだった。

蓑山と飯田が最初に訪れたのは、高田馬場と新大久保の間にある戸山公園だった。

「ここにはだいたい十人から十五人くらいのホームレスがいらっしゃいます」

飯田が説明した。蓑山はまずトイレの少し西側のブルーシートで作ったテントの横に立っていた男に目を付けた。

「あの人に話を聞いてみたいのですが」

「藤原《ふじわら》さんね。あの人は人柄がいいですよ」

飯田はそう言うと、つかつかと藤原に近づいた。二言三言話すと、藤原は頷いた。飯田は蓑山の方を向いて、手招きした。蓑山も藤原に近づいた。

「はじめまして、フリーライターの蓑山と申します。誘拐サイトの事件を追っています」

蓑山は藤原の年齢を推し量ろうとしたが、無精ひげとぼさぼさの髪の毛で、何歳かまったくわからない。六十歳くらいかなと思ったが、もしかしたら意外に四十歳くらいかもしれない。

「ホームレスが誘拐されたという事件だね」

「ご存じなのですか」

「ラジオがあるからね」

藤原はにやっと笑った。

「犯人は何を考えているんだろうね。ホームレスなんて誘拐しても誰が金を払うっていうんだ、なあ」

藤原は飯田に向かって言った。飯田は同意の代わりに首を傾《かし》げた。

「俺が誰かに誘拐されても、ボランティアの人はいくらも払ってくれないだろうな。まあ、いいとこ一万円かな」

藤原はそう言って笑った。

「藤原さんは、人質になった人たちを実際にどこかで見たことがないでしょうか」

蓑山はそう言いながら、カバンからファイルを取り出して、藤原に写真を見せた。

藤原は写真を手に取ると、一枚一枚丁寧に眺めた。

「どこかで見たような気もするけど、とくにこの人だ、という記憶はないな。悪いけど」

藤原は写真を蓑山に返した。蓑山は失望もせずに写真を受け取った。この写真を見せたのは今日で二十五人目だ。簡単にぶつかるとは思っていなかった。

「お役に立てなくて悪かったね」

「いいえ、とんでもないです」

「なんか、このホームレスが羨ましい気がするよ」

藤原は言った。

「こいつらは、今、いろんな人の注目を集めている。新聞やテレビに出ている。それで、多くの人に心配されている。俺も一度でいいから、そんなふうに多くの人から注目されて、心配されたいよ」

蓑山はどう答えていいかわからなかった。

「俺だって昔はちゃんとしたサラリーマンだったんだよ。今のなり見たら、信じられないだろうけど。朝の満員電車に揺られて通勤していたんだ」

「そうなんですか」

「こう見えてもそこそこ知られた会社にいたんだ。課長までやってたんだぞ。都内に家も買った。ところが、その直後に転勤命令だ。家がなけりゃ家族を連れて行ったところだが、しかたなく単身赴任したら、二年目に女房が浮気しやがった。子供がいたけど、頭にきて離婚して、家も叩き売った。その頃、ちょうど会社の業績が悪くなって、希望退職者を募っていた。退職金がかなり上乗せされていたから、辞めてやった。それで若い頃からの夢だったラーメン屋を始めたんだ。一国一城の主だ」

「その商売がうまくいかなかったんですね」

蓑山は先に話を進めた。ホームレスのこんな話は山ほど聞いてきた。珍しくもなんともないし、同情もしない。

「まあ、一口に言ってしまえばそうなんだが、自己破産するまでにはいろいろあったんだよ。今から思えば何もホームレスにまでならなくてもと思うんだが、人間ってやつは、心が折れてしまう時があるんだ。その時に、家族や親身になってくれる友人でもいたら違ったんだろうけどな」

蓑山は適当に相槌を打つと、「どうもありがとうございました」と言った。藤原は一瞬不満そうな顔をしたが、ブルーシートで作ったテントに入っていった。

蓑山が飯田と歩き出すと、藤原がテントから首だけ出して、声をかけた。

「たっちゃんなら、何か知ってるかもしれんよ。あいつは顔が広いから」

藤原はそれだけ言うと、顔を引っ込めた。

「たっちゃんというのは？」

蓑山は飯田に訊いた。

「多分、達山《たつやま》さんのことだと思います。達山さんは一ヵ所に定住しないで、方々を転々とする人なんです」

「今、ここにいます？」

「二日くらい前から、このあたりに来ているはずです」

飯田は周囲を見回しながら歩いた。蓑山はその後ろに従った。

しばらく行くと、飯田が「いた」と言った。公園のフェンスの横にあるベンチに一人のホームレスが寝ていた。身なりはわりにこざっぱりしていて、一見するとホームレスとわからない。年齢も五十歳くらいに見える。

「達山さん」

飯田が声をかけると、達山は目を開けた。

「何？」

「ジャーナリストの蓑山さんがお話を聞きたいって」

達山は体を起こした。

「不幸なホームレスの本でも書こうというの？」

「誘拐サイトの件を追いかけているんです」

「ああ、あれか」

「人質の多くがまだ特定されていないんですが、達山さんは心当たりはないですか」

「あるよ」

蓑山は驚いた。「本当ですか」

「ああ」

「お話を聞かせてもらえますか」

「タダというわけにはいかないな」

蓑山は少し意表を突かれた。

「たしかな情報なら、いくらか謝礼をお支払いします」

「いくら払うの？」

「千円ではどうですか」

「お宅、ホームレスじゃない人でも、千円で済ますのか」

蓑山は言葉に詰まった。

「まあ、千円でいいや。俺の情報はそれくらいの価値だ」達山は自虐的に言った。「二日前、代々木公園にいたんだけど、そこにいた奴が、人質の一人を知ってると言っていた」

「その人の名前はわかりますか」

達山は腕を組んで、「思い出せるかなあ……」と言った。蓑山は財布から千円札を二枚出すと、達山に渡した。

「思い出したよ。平沼《ひらぬま》という奴だ」

蓑山は嘘かもしれないと思いながらも、二千円くらいならどうということはないと思った。

蓑山は達山と別れると、戸山公園で、さらに三人のホームレスから話を聞いたが、人質を知っているという者はいなかった。

時計を見ると、十六時だったが、代々木公園に足を延ばしてみようと思った。

＊

佐野光一は『二時の部屋』を見ながら、服を着替えていた。仕事で番組を最後まで観られないのは残念だった。しかし録画してあるので、帰ってからのお楽しみだ。「誘拐サイト」を扱ったテレビ番組は気が付く限りチェックしているが、『二時の部屋』は毎日録画している。

テレビの電源を切った時、誰かがドアをノックした。シャツのボタンを留めながらドアを開けると、背広を着た二人の男が立っていた。一人は中年でもう一人は若かった。

「なんですか」

佐野が訊くと、若い男が胸ポケットから手帳を見せながら、「京橋署の者ですが」と言った。全身から血の気が引くのがわかった。瞬間的に「誘拐サイト」のことだと思った。

「何でしょうか」

自分の声が他人の声のように聞こえた。

「少しお話を聞かせていただいてよろしいでしょうか」

「あ、はい」佐野は言った。「ここでですか」

「よろしければ、署に来ていただけると助かりますが」

「それって――任意ということですよね」

若い男は頷いた。

「じゃあ、断ることもできるんですね」

中年の男がにっこりと笑った。

「まあ、そういうことですが、来ていただけますね」

その言い方は優しかったが有無を言わせない響きがあった。佐野は思わず頷いてしまった。それから夢遊病者のように靴を履いた。

「あ」

「何でしょう」

「俺、店に仕事に行かないといけないんですが——」

「お休みすることはできませんか」

佐野は咄嗟《とっさ》に店長への言い訳を考えた。

「難しいです」

「そうですか」中年男は言った。「そうすると、ちょっと面倒なことになりますね」

面倒なことって何だろう、と佐野は考えた。逮捕されるということか。あるいは警察が店に直接電話するということか。そんなことになれば、俺は終わりだ。

「ちょっと、今から店に電話してみます」

「そうですか、よろしくお願いします」

佐野は店長に電話して「体の具合が悪くて、今日は休ませてもらえますか」と言った。

店長は怒ったが、佐野はその怒鳴り声もほとんど耳に入らなかった。頭の中は、警察署でどんな取り調べを受けるのだろうかということで一杯だった。

「休ませてもらいました」

電話を切って、佐野は二人の刑事に向き直った。

「では、行きましょうか」

「あの、刑事さん」佐野は言った。「俺に訊きたいことって、誘拐サイトのことですよね」

二人は何も言わなかった。

「俺、全然関係ないんです。たまたまツイッターで見つけただけで――」

「その話は、署で伺います」

＊

蓑山は代々木公園に着くと、テントや段ボールハウスの中にいるホームレスに声を掛けて、平沼を探した。

五人目でようやく平沼に辿り着いた。

「何の話ですか」

平沼は訝《いぶか》しむように言った。

「戸山公園にいた達山さんに伺ったんですが、平沼さんは誘拐サイトで人質になっている人物に会ったことがあるとおっしゃっていたと」

「あなたは刑事ですか」

「違います。フリーのライターです」

「よかったら、名刺をいただけますか」

「失礼しました」

蓑山はポケットから名刺入れを取り出し、平沼に名刺を渡した。平沼はそれをじっと眺めていたが、ぼそっと言った。

「あなた、私がホームレスじゃなかったら、すぐに名刺を出していたでしょう」

「すいません。うっかりしていました」

「ホームレスなんて、まともな人間と思ってないでしょう」

「いえ、そんなことは――」

「わかりますよ。私もそうでしたから」

平沼はそう言ってかすかに笑った。

「嫌味を言ったつもりはないんです。私も会社勤めをしていた頃は、ホームレスを見ると、こいつら人間じゃないなと思ってましたから」

蓑山はどう答えていいかわからなかった。

「でもね蓑山さん、ホームレスが皆、人間失格者ってわけじゃないんですよ。もちろん中にはまともな社会生活を営むのが難しい人もいます。でも大半はそうじゃないんです。ちょっとした不運や不幸で、こうなってしまった人が多いんです」平沼は丁寧な言葉づかいでそう言った。「でも、私も含めてホームレスになる人間というのは、どこか弱い人間なんです」

「弱い？」

「そう。なんとなく易《やす》きに流れるというか、根拠もなく大丈夫だろうと思ってしまうとか、危機感がないというか――ここ一番で逃げちゃうというか」

「それって、多くの人がそうですよね」

「そう、だから誰でもほんの少し環境が変われば、ホームレスになっちゃうんだよ」

「平沼さんは昔、何をしておられたんですか」

蓑山は話題を変えた。

「私は準大手のゼネコンにいたんです」

平沼は会社名を挙げた。その会社の名前には覚えがあった。

「たしか数年前に倒産したというニュースを見ました」

「そうです。私は倒産前に、会社に見切りをつけて退職金を上乗せしてもらって退職したんです。資材部長をしていました。再就職先はいくらでもあるだろうと思っていましたが、甘かったですね。当時、四十八歳だったんですが、そんな年齢で雇ってくれる企業なんかないんですよ」

蓑山はそうだろうなと思った。大手企業に転職するには、よほどの人脈と各方面に強いパイプを持っていなければ無理だ。つまりは相当な実力が必要ということだ。

「退職金でマンションのローンを全部払ったんだが、それがまずかった。手持ちの金がなくなった時に、大病してしまってね。おまけに子供の学費やらいろいろで金に困ってサラ金に手を出した」

その後の展開はおおよそ想像できた。

「最初に借りた金は百五十万だったが、こっちは仕事がない。借金を返すために別のサラ金から借りるということを繰り返した。気が付けば二年で千五百万円に膨れ上がっていた」

よくある話だなと蓑山は思った。しかし平沼が言うように、誰に起こっても不思議はないケースだ。実際、四十代後半でリストラされたり、会社が倒産して職を失ったサラリーマンが再就職先を見つけるのは容易なことではない。コンビニ店員や警備員なら職はあるだろうが、少なくとも前職並みの収入の仕事を見つけることはまず不可能だ。たいていは半分以下の収入になるだろう。

もちろんそれでも生きていくことはできる。しかし人間というやつは、金がある時の暮らしに慣れてしまうと、なかなか考えを切り替えられない。それに収入がある時に高額な家やマンションを購入してしまうと、仕事を失った時には大きな負担になる。

蓑山はあらためて目の前の男を見た。無精ひげを剃り、髪を整えて、奇麗なスーツを着れば十分、ゼネコンの資材部長に見えるだろうと思った。会社が左前にならなければ、もしかしたら今頃は役員になっていたかもしれない。

「平沼さんは、もう一度社会復帰をしようとは思わないのですか？」

「一度ホームレスになると、簡単には元に戻れないんだよ」

「それって心の問題ですか？」

「全然違う。何にもわかってないんだな」平沼はさみしげな笑みを浮かべた。「もう一度働こうと思って会社に面接に行っても、住所欄が空白だとどうしようもない。おまけにケータイもなければ連絡もとれない。そんな人間を雇う会社なんてない」

蓑山は、そうかと思った。

「人間ていうのは、住所を失うと、もう終わりなんだよ」

平沼は自嘲気味に笑った。蓑山は何と言っていいのかわからなかった。

「人質の話でしたね」

平沼の方から話を戻してくれたので、蓑山はほっとした。

「石垣という男は知っている」

「石垣勝男さんですね。間違いないですか」

「下の名前までは知らんが、人質になった石垣に間違いないよ」

「何か証拠になるようなものはないですか」

「疑うなら、もう私の話なんか聞くことないじゃないか」

「すいません。裏を取るのが私らの仕事の習性で」

蓑山が頭を下げると、平沼は機嫌を直したようだった。

「石垣さんはどういう人でした？」

「昔のことはあまり喋らなかったな。そんなに親しくもなかったしな」

「失踪する前は普通でしたか。何か怪しげな人物と会っていたとかはないですか」

「いや、普通でしたね。ただ、妙なことを言っていました。ちょっと危ないけど金になる仕事があるって」

蓑山はその言葉に引っかかった。

「危ないけど金になる仕事――ですか。それは何ですか」

「訊いたけど、教えてくれませんでした。でも、今から思えば、誰かに金で誘い出されたんじゃないかなと思いますね」

蓑山はその線はあるなと思った。誘拐は力ずくじゃない可能性もある。犯人はホームレスを安心させて、おびき寄せたのかもしれない。ホームレスたちは金や服も与えられて、自分の足でアジトまで行ったのかもしれない。

「その時、しつこく訊いていたら、今頃、私も誘拐されていたかもしれませんね」

平沼は笑いながら言った。

蓑山は帰り道、平沼の話を反芻《はんすう》した。

危ないけど金になる仕事――もしかして、石垣は人質ではなく、誘拐に関係している人物なのではないか。平沼に渡した一万円の価値は十分にある情報だった。

*

「もう何人くらい当たりましたかね」

玉岡は荒川の河川敷を歩きながら言った。

「そうだな。四十人くらいいか」

安藤は答えた。

「こんなにホームレスと話をしたのは初めてですよ」

「まだまだ行くぞ」

玉岡はため息をついた。

二人は昼からずっと東京のホームレスの溜まり場に行き、人質の写真を見せて、聞き込み捜査を続けていた。「見覚えがある」と言う者も何人かいたが、突っ込んで聞くと、たいていが思い違いで、他人の空似だった。最近怪しげな男を見なかったかという質問にも、これはという答えは聞けなかった。中には、わざとそれらしいことを言って刑事をからかうような者もいた。

「これ、東京中のホームレスに当たるんですか」

「いいか、刑事の仕事なんていうのはな」安藤は足を止めずに言った。「とにかく足で手掛かりを探すんだ。名推理であっという間に犯人逮捕、なんてのは推理小説の中だけの話だ。お前は刑事になったんだから、いい加減に現実を学べ」

「それはわかってるんですけど、東京のホームレスって何人くらいいるか知ってますか」

「知らん」

「署を出る前に調べたんですよ。約千人ですよ。それに京橋署の刑事が全部当たるんですか」

安藤は足を止めて、玉岡を睨んだ。

「東京だけじゃないぞ。神奈川のホームレスにも聞き込みをやる。いやなら大久保課長に言って配置換えをお願いしろ。今ならすぐに交通課に戻してもらえるぞ。それとも昔いた機動隊がいいか。なんなら俺が推薦してやろうか」

「勘弁してください。俺はアメリカ大使館の前で二年も警備してたんですから」

「あっちは立ってるだけだから楽でいいな」

「とんでもないです。こうして歩いて聞き込みする方が百倍いいです」

「なら、黙って歩け」

*

「どうも佐野はシロですね」

橋口は取調室から刑事課の部屋に戻ると、大久保に報告した。

「たしかか」

「佐野が誘拐サイトの第一発見者かどうかはわかりませんが、ツイッターで最初に紹介した男であるのは間違いないようです」

「じゃあ十分、怪しいだろう」

「私どももそう思って取り調べたんですが、心証的にはシロです。一緒に取り調べに当たった三田も同じ心証です。佐野の奴、第一発見者ということでツイッターで祭り上げられているうちに、調子に乗って、関係者のふりをしたというのが実際のところのようです」

大久保は「うーん」と言って腕を組んだ。

「前に鈴村さんが言っていたように、佐野が犯人の関係者なら、ツイッターをやるのに、自分のスマートフォンを使ったりはしないでしょう。開示請求で簡単に身元が割れます。サイトを作るのに海外のサーバーをいくつも経由している犯人グループがそんなへまをやるとは思えません」

橋口の言葉に大久保は頷いた。

「一応、佐野からは任意でスマートフォンを預かっています。そこから通話やメールの履歴を調べます」

三田が言った。

「パソコンは押収しなくていいのか」

「彼はパソコンを持っていません」

## 五月十八日（十一日目）

その朝、「誘拐サイト」は新たな声明を発表した。動画はなかった。しかしその内容は動画以上に衝撃的なものだった。

〈常日《じようにち》新聞社に宣告します。
三日以内に、身代金を払う意思を示さなければ、人質を一人、殺します。
P.S. 常日新聞社には、パスワードを送っているので、このサイトの投稿欄に返事を出してもらいます。ただし、その返信文は当サイトにアップします〉

「今日、緊急で皆さんにお集まりいただいたのは、他でもありません」
常日新聞の副社長の尻谷英雄《しりたにひでお》が言った。

「例の誘拐サイトが我が社を名指しして、返答を迫ってきました」

役員会議室に集まった七人は深刻な表情で頷いた。

尻谷は五十五歳にして副社長になった有能な男だった。現社長の垣内栄次郎《かきうちえいじろう》は去年六十八歳で社長に就任したが、それは暫定的と言われており、来年あたり尻谷が社長になるというのがもっぱらの噂だった。役員会でも会議をリードしているのは常に尻谷だった。社長の垣内でさえも尻谷に強く言われるとしばしば自説を引っ込めるほどだった。

「なぜ、うちが指名されなきゃならないのでしょうね」

垣内がため息をつきながら言った。垣内は社内では優柔不断で気が弱いという評判だった。

「まったくです」専務の水谷正久《みずたにまさひさ》が言った。「誘拐サイトは最初四社に身代金を要求していました。ところが、今日になってうちだけを標的にしてきた理由がまるでわかりません」

一同が頷いた。

「ところで、サイトの声明にあるパスワードというのは何のことでしょう」

水谷が怪訝《けげん》な顔をした。

「これだよ」

副社長の尻谷がクリアファイルを手に取って見せた。ファイルの中には封筒が入っている。

「今朝、社長宛の手紙類の中にありました。差出人の記載はなく、中にはアルファベットと数字が書かれた一枚の紙が入っていました」

一同がどよめいた。

「朝の誘拐サイトの文面からして、犯人からのものと見ていいでしょう」

「警察に届けなくていいのでしょうか」

役員の一人が言った。

「さきほど知らせたので、まもなく警察が来るはずです」

「副社長はパスワードを見られたのですか」

「私も社長も見ています。すでにコピーは取ってあります。後ほど皆さんにもお見せします」

「そのパスワードを使えば、誘拐サイトにこちらから投稿できるというわけですね」

水谷が確認した。

「誘拐サイトの発表の通りなら、そうです」

ちょっとした沈黙があった。

「投稿されるのですか」

水谷が訊いた。

「それも含めて判断するために集まってもらったわけです」尻谷は少しいらいらしたように言った。「皆さんの率直なご意見を伺いたい」

水谷が「よろしいでしょうか」と前置きして口火を切った。

「私はサイトに、『身代金は支払わない』と返信すべきだと考えています。その理由についてですが、先に東光新聞が紙面において、同様の声明文を掲載しました。ネット分析の専門会社によると、あれで東光新聞の評価は上がったということです」

一同に小さな驚きの声が上がった。水谷は続けた。

「世間の人々はこの卑劣な犯罪に対して、やはり怒りを感じていると考えられます。それでいち早く犯人に対して毅然とした態度を示したことが評価されたのだと思います。もっとも、黙殺した我が社の評価が下がったわけではありません」

役員たちの顔にほっとした表情が浮かんだ。

「ただ世間的には、黙殺は曖昧な態度と取られかねない部分があります。実際、身代金拒否を表明しない社に対して、どっちなんだという声も一部には上がっています。もちろん黙殺は当然だという声が多数ですが」

「つまり黙殺は世間の一部で疑心暗鬼を生んでいる面があるということだな」

社長の垣内の言葉に水谷は頷いた。

「問題は、誘拐サイトも同様に考えたのではないかということです」

副社長の尻谷は「なんだと！」と声を荒らげた。

「あくまで推測ですが、意思表示しなかった我が社に対して、誘拐サイトが揺さぶりをかけてきたのではないかという見方ができます」

垣内が苦い顔をした。

「うちも何らかの形で、意思表示をすべきだったかな」

「しかしこれを逆に奇貨とすべきではないかと思います。というのは、ここで断固とした態度を見せれば、犯人に対しても、また世間に対しても、大きなアピールになります」

水谷の言葉に、役員のうち何人かが感心したような声を上げた。

「だが身代金拒否を表明しなかったのはうちだけじゃないぞ。テレビ局もそうだ」

尻谷が言った。

「私は誘拐サイトの人間ではないので——」と水谷は苦笑した。「もしかしたら、今回は身代金拒否を表明しなかった社の中からまず我が社を標的にしたのかもしれません」

「だったら、すぐに返事をした方がいいな」

「今朝の誘拐サイトの閲覧者は二百万を超えています」

役員の誰かが「うちの購読者数よりも多いじゃないか」と言った。

「閲覧者は最終的にはその何倍もいくでしょう。そこに投稿すれば、何百万人もの人間が目にすることになるというわけです」

「つまり、うまくいけば、我が社の毅然とした態度を広くアピールできるというわけだな」

尻谷の言葉に、水谷は「そういうことです」と答えた。

「よし、では、すぐに返事を打とう」

垣内が言った。

その時、常務の原島満男《はらしまみつお》が手を挙げた。

「人質の命がかかっているだけに、文言は慎重に考えなければならないと思います。身代金を拒否するのは当然ですが、同時に人質の命を充分に慮《おもんぱか》る言葉も必要です」

「そんなことは当たり前だ」副社長の尻谷は強い口調で言った。「人命をおろそかにする会社と捉えられたら、マイナスイメージとなる。常日新聞としては苦渋の決断ではあるが、卑劣な犯罪を認めるわけにはいかないという文面にする。編集委員に早速、文面を作らせろ」

その時、会議室の電話が鳴った。秘書からの内線電話だった。

「警察が来ました」

電話を受けた水谷が言った。「例の手紙の件です。ここへ通してもいいでしょうか」

垣内が副社長の尻谷を見た。尻谷は水谷に「入ってもらえ」と言った。

まもなく部屋に二人の刑事がやってきた。

「京橋署の安藤と言います」

「同じく玉岡です」

社長の垣内が立ち上がって挨拶した。

「誘拐サイトから手紙が届いたということですが」

安藤が言った。

「これです」尻谷がファイルを差し出した。「今朝、社長宛の封書類の中にありました。封筒には社内の人間のいくつかの指紋がついていますが、中の紙には誰も直接は触れておりません」

「ちょっと拝見します」

安藤はそう言うと、手袋をして封筒の中から紙を取り出した。

紙はA４のコピー用紙のようだった。四つ折りにされた紙を広げると、アルファベットと数字が組み合わされた文字が大きく書かれていた。おそらくワープロソフトで打たれたものだろう。その下に小さく、「誘拐サイトの投稿用パスワード」と書かれていた。

安藤は丁寧にたたんで、封筒に入れた。

「これをお預かりしていいでしょうか」

「もちろんです」

「では持ち帰って鑑識に回します」

「よろしくお願いいたします」

「ところで、皆さんは誘拐サイトに返事をされるのですか」

玉岡が訊いた。

「今、それを話し合っていたところです」垣内が答えた。「我々としては、身代金を支払う意思はないという旨の声明文を投稿しようと考えています」

「それは賢明な選択だと思います」

玉岡はもっともらしく言った。後ろにいた安藤が、余計なことを喋るなというふうに苦い顔をした。

「刑事さん、犯人の目星は付いているんですか」

尻谷が訊いた。玉岡は腕を組んで言った。

「目下、捜査中です」

*

「すごいことになりましたね」

『二時の部屋』の朝の企画会議の冒頭、チーフディレクターの野口和彦《のぐちかずひこ》が言った。

「ついに誘拐サイトが牙を剝《む》いたって感じですよね」

構成作家の井場が愉快そうに言った。もう一人の構成作家の大林が「ええ、一気に凶悪性を出してきましたね」と相槌を打った。

「おいおい、うちも身代金を要求されているということを忘れるなよ」

そう言うプロデューサーの吹石の顔にも、深刻さはまるでなかった。

「ところで、人質が一人確定したって」

「はい。昨日、井場ちゃんが調べてきました。そのホームレスなんですが、なんと二十年前に小学生の娘が殺されているんですよ」

「ほんとかよ！」

「本当です。新聞記事にもありました。当時は結構騒がれた事件らしいです。同じマンションの友達のところに行くと言って忽然《こつぜん》と姿を消して、一週間後に一キロほど離れた廃屋の中で発見されたそうです」

「犯人は捕まったのか」

「迷宮入りになったそうです」

「もしそうだとすると、可哀想すぎないか。幼い娘を殺され、いろいろあった末にホームレスに落ちぶれて、晩年に誘拐されるって」

「そうですね」野口は言った。「彼の簡単な生涯をまとめた映像を作ってるんですが、流すのをやめましょうか」

「何を言ってるんだ。そういう話は視聴者がぐっと食いつくんだ。これまでただの記号だった人質が、その映像で一気に身近な存在となる。いや、それにしても、殺人事件の被害者家族とはな。ドラマ性が増したな」

「その人、同じホームレスにも親切で、『仏の松下さん』と呼ばれていたらしいです」

「その言葉、いいな」と吹石は言った。「映像にスーパーで入れろ。『仏の松下さん』って。ナレーションもかぶせてな」

「了解しました」

「ところで、それ以外の切り口は何か考えているか」

「金剛《こんごう》さんをゲストに呼ぶのはどうでしょう。過去の誘拐事件なんかを語ってもらって、犯人像を予測してもらっては？」

金剛三郎《さぶろう》は元警視庁の刑事で、バラエティ番組が犯罪ネタを扱う時などに、ゲストで出演している。長く警視庁の捜査一課にいたという肩書だけで、大きな事件が起こるとよくワイドショーに顔を出していた。

「いいな、それ。どうせたいしたことは言えないだろうが、まあもっともらしいコメントはするだろう」

「早速、当たってみます」

若いＡＤが席を立った。

「それにしても、身代金を払わないと殺すって、誘拐事件の定番と言えば定番ですが、常日新聞はいい迷惑ですよね」

大林が他人事《ひとごと》のように言った。

「まったくだ。払う義務なんかないのにな」井場が同調した。

チーフディレクターの野口が吹石の方を向いて、「犯人は払わなければ本当に殺すんでしょうか」と訊いた。

「さあ、それはわからんな」吹石は答えた。「しかし、本当に殺すとわかったら、お前が社長なら、どうする？　身代金は断固払わないと宣言できるか」

「本当に殺すとわかっていたらですか――迷いますね」野口は言った。「いくら会社と関係のない人間でも、死んだら寝覚めが悪いですからね」

何人かが頷いた。

「ちょっと待てよ」最年長のベテラン構成作家の毛利が口を挟んだ。「そんなことで金を払っていたら、野良犬を殺すから金を払えって言われても払わなくちゃならなくなるぞ。可哀想なんて気持ちを利用するのが犯人なんだ」

誰かが「それもそうですね」と言った。

「野良犬とは面白い喩《たと》えですね」大林がおかしそうに言った。「ペットショップの犬にはすべて値段がついているが、野良犬に値段はない」

「でも、野良犬とホームレスは違うだろ」井場が言った。

「構造は同じだよ。全然関係のない命を奪うぞと言って金を要求しているという点では変わりない」

その時、吹石が「それだ！」と言って手を叩いた。

「アンケートをとろう。身代金を払うべきか、払わないべきか」

総合演出ディレクターの真鍋が「生放送中にdボタンでやりますか」と尋ねた。

「リモコンとネットの両方でいこう」

野口はADに、準備をしておくようにと指示を出した。

「けど、圧倒的に払うなという結果になると思いますよ」

井場が言った。

「それが狙いだよ」吹石は頷いた。「今回、標的になったのは常日新聞だったが、次はうちに来るかもしれない。その時は当然、うちも身代金は払わないという返答をするだろう。だから今のうちに、それは当然だという世論を作っておくんだ」

＊

京橋署の橋口と三田がホームレスへの聞き込みを始めて二日目になっていた。この日、回ったのは新宿区と渋谷区にあるホームレスの溜まり場だった。

聞き込みには一係と二係の中から八人が充てられていた。それぞれに担当区域を分けて、ホームレスの溜まり場を潰していく。彼らが利用しそうな安い簡易旅館もあった。

「このままいくと、今日で、ぼくらの担当地区が終わりますね」

三田が手帳に線を引きながら弾んだ声で言った。

「三田、勘違いするなよ」橋口が言った。「俺たちは担当地区を塗り潰していくのが仕事じゃねえぞ。手掛かりを探してるんだからな」

「わかってますよ。けど、担当地区を潰していけば、それだけ犯人に近づけるということじゃないですか」

「それはどうかな。結局は無駄足に終わるかもしれん」

「そんなこと言わないでくださいよ」

「着いたぞ」橋口は言った。「無駄口やめて、集中しろ」

二人は新宿駅で降りると、新宿中央公園に向かって歩いた。

かつて新宿中央公園にはホームレスが群がっていたが、今は整備されて姿を消した。

それでもまだ何人かホームレスの姿はあった。

二人は公園の入り口あたりで段ボール箱を簡易ベッドにして寝ているホームレスの男に近づいて声を掛けた。

男は目を開けて二人を見ると、驚いた表情で体をすくめた。

「怪しいもんじゃない。警察だけど、話を聞きたいだけだ」

橋口が警察手帳を見せた。男は怯えた声で「俺は何もしてねえよ」と言った。

「わかってるよ」橋口は笑みを見せた。「聞きたいのは、この人らに見覚えがないかということだ」

三田が「誘拐サイト」からプリントアウトした六人の人質の写真を見せた。男は自分に関係ないとわかって少し落ち着いたようだった。

「それ、誘拐されたっていうホームレスだね」

橋口が頷いた。男は首を横に振った。

「悪いけど、見覚えはない。もしかしたらどこかで会ったことがあるかもしれないが、どいつもこいつも似た感じなんで、覚えていない」

三田はそうだろうなと思った。たいていのホームレスは顔が黒く、髪の毛はぼさぼさで無精ひげを生やしていたから、聞き込みを始めた頃はなかなか顔の見分けがつかなかった。

「写真の男たちを知ってると言っていた人はいないかな」

「聞いてない」

「ありがとう。邪魔をして悪かったね」

橋口がそう言って段ボール箱のベッドから離れかけると、男がぼそっと言った。

「俺も人質になっていたかもしれないんだ」

二人は思わず振り返った。

「どういうことですか」

三田が訊いた。

「誘拐されそうになったんだよ」

「それはいつ？」

「三月の初め頃かな、いや中頃かな。そのくらいだ」

「場所はどこですか、その時のことを教えてくれますか」

「代々木公園だ。夜中に寝ているところを何人かの男に連れ去られそうになったんだ」

「相手は何人でした？」

「さあ、全然わからない。三人か四人か、もっといたかも。顔に袋のようなものを被せられていたし」

「その時、暴行されたか」橋口が手帳を取り出した。

「いや、そいつらは俺の体を担ぎあげてどこかへ連れていこうとしていた。俺は殺されると思って、必死に暴れたよ。そしたら地面に落ちて、走って逃げた」

「男たちは追ってこなかった？」

「俺が大声を出したからか、男たちも逃げた」

橋口はホームレスの言うことを手帳に書きとめた。

「俺が代々木公園からこっちに来たのは、それからだよ。公園でひとりで寝るのが怖くなって夜は駅の方に行ってる。あの時は、どこかへ連れていかれてリンチでもされるかと思ったけど、今になってみると、誘拐サイトの連中だったかもしれない。刑事さん、どう思う？」

「可能性はありますね」三田は言った。「その時の状況をもう少し詳しく話してください」

＊

佐野光一はその日も仕事を休んだ。店長には電話口で怒鳴られまくった。いつもなら震えあがるところだったが、警察で受けた厳しい取り調べのショックが大きすぎて、まったく心が動じなかった。

最初は任意での事情聴取と聞かされていたが、実際はどう見ても容疑者に対する尋問だった。佐野は一所懸命に身の潔白を訴えたが、刑事を納得させることはなかなかできなかった。たしかに自分のツイート通りに「誘拐サイト」が動くのは無関係というのは不自然すぎた。これでは疑われても仕方がない。スマートフォンを預からせてほしいと言われた時も、むしろ積極的に渡したくらいだった。

しかし自宅に戻ってしばらくすると、スマートフォンがなくては生活ができないということに気付いた。それで再び京橋署に行き、返してほしいと言った。駄目でもともとと思っていたが、すんなり返却してもらえた。おそらくもう過去の履歴からすべて調べられたのだろうと思った。返してくれたということは、無関係とわかったのかなと思ったが、逆に怖さもあった。もし、アリバイの確認か何かで、店に問い合わせが行ったらどうしようと思った。そんな怪しい奴はクビになるに違いない。

コナン・ホームズのアカウントは消してしまいたかったが、返却時に、刑事から「アカウントは消さないでほしい」と言われた。理由を尋ねると、「今後、誘拐サイトから何らかの接触があるかもしれないから」とのことだった。

しかし佐野はもうツイッターを開くのも嫌だった。誘拐サイトから接触があるかもしれないと考えるだけで怖かった。あらためて現実の怖さを思い知らされた。ネット上の出来事は決して架空のものじゃない。誘拐サイトは現実に存在し、実際に自分はそれに巻き込まれて、警察から厳しい事情聴取も受けた。

同時に自分の置かれている状況を、改めて客観視することができた。高校を卒業して十年、正規の職に就いたこともない。ずっとフリーターで生きてきた三十歳目前の男──それが自分だ。

これまでそんな自分は仮の姿だとどこかで思っていた。本当の自分はこんなもんじゃない。ある日、どこかで覚醒すれば、眠っていたすごい才能が発揮される──ずっと根拠なくそう考えていた。しかしそれは全部誤りだった。誘拐サイトに捕まったホームレスたちは、明日の自分だ。

そう思った時、初めて人質たちに対する同情の念が湧き起こった。

＊

常日新聞へ「誘拐サイト」から手紙が届いたことにより、京橋署では午後、その日二度目の捜査会議が行なわれた。もっとも大半の捜査員はすでに出払っていて、集まったのは大久保と二階堂を除くと三名の刑事だけだった。そのために情報共有を兼ねた意見交換が主となった。

まず大久保が切り出した。

「本日、誘拐犯と思われる者から常日新聞へ手紙が届いた。初めてネットから飛び出てきたことになる。だが、こちらとしてはまだ人質の確定がすべて終わっておらず、かなり後手後手に回っている」

刑事たちは頷いた。

「手紙や封筒からは何か出たのか」

大久保の質問に、二階堂が「鑑識が調べていますが、普通に考えて犯人の指紋なんか出ないでしょう」と答えた。

「うっかり指紋がついていて、前歴のある人物とぴったり一致ということになれば話は早いんだが、そうはうまくいかないだろうな」

「ただ、少なくとも指名手配ができます」

「まあ、そんなことは鑑識の結果が出てからの話だ」

「でも、変ですよね」

と常日新聞から戻ったばかりの安藤が首を捻った。

「何がだ」

「これだけ世間の注目を浴びてる事件で、しかも音声付きの動画まで流れてるのに、彼らを知っているという情報が入ってこないということがです」

「情報はいろいろあるんですが、ガセも多くて、決め手に欠けるんですよね」

安藤とともに常日新聞に行っていた玉岡がしたり顔で言うと、大久保が「それを情報がないと言うんだよ」とばっさり切り捨てた。

「しかし、我々としても何をどう捜査していいかわからないですね」安藤が言った。

「誘拐事件はそういうもんだ」二階堂は落ち着いた声で言った。「普通、犯人から人質の家族への連絡を手掛かりにするんだが、今回はネットだから、逆探知もできない。本格的に犯人が動き出すのを待つしかない」

「ということは——やはり身代金の受け渡しですか」

「そういうことだ。犯人が二重三重に保険をかけても、誘拐事件は一番最後、身代金を奪うところがネックになる。犯人の一番の泣き所がそこだ」

「つまり、犯人が身代金を奪おうとする場面まで待つということですか」

玉岡のあけすけな言い方に周囲の者が苦笑した。

「待つというのは語弊がある」二階堂が苦い顔で言った。「それまでに人質が囚われている場所の特定に全力をあげる。大の男を六人も監禁し続けるのは、犯人側にとって大きな重荷のはずだ」

刑事たちは頷いた。

「ところで、誘拐サイトのサーバーの調査はどうなってる？」

大久保が訊いた。

「今、山下が本部に行って、サイバー犯罪の専門家と一緒に調べていますが、かなり複雑なルートを辿っているらしく、まだ発信元には行きついていないようです」

二階堂の報告に、大久保が舌打ちした。「常日新聞は誘拐サイトに返信すると言ってたんだな」

「はい」

玉岡が答えた。「身代金は払わないと表明するそうです」

「他の新聞社やテレビ局には犯人からの連絡はないのか」

「問い合わせていますが、今のところ、東光新聞、ＪＨＫ、大和テレビには誘拐サイトから封書やメールの類は来ていないそうです」

「我々に伏せている可能性は？」

大久保は二階堂の方を向いて訊いた。

「ないとは言えませんが、サイト自身が常日新聞を名指ししていますから、やはり常日新聞だけに送ったと考えるのが自然かと思います。他の会社にも、もし犯人からの手紙が届いたら連絡をくれるように要請しています」

「そうすると、手紙を送ったのは常日新聞一社だけか。その意図は何だ？　なぜ常日新聞なのか」

大久保はさっきからじっと考え込んでいる鈴村に気付いた。

「鈴村さん、どう思う？」

「捜査には直接関係ないかもしれないんだが——」と鈴村は言った。

「かまわん、言ってみろ」

「相手の態度を探るためと、もう一つ、世間の反応を見るためにやったんではないかな」

「身代金を要求した相手の出方を探るのはわかるが、世間の反応というのは何だ」

「今回の事件は、一種の劇場型犯罪だ。犯罪の公表、人質の情報、犯行の意図、身代金の要求と、すべてがオープンにされている。単なる愉快犯ならさもありなんだが、どうもそれだけではないような気がする」

「ふむ」

「なぜ犯人たちは秘密裏に行なわずに、すべてをオープンにしたのか——自分たちの犯罪を多くの人に知らしめようとしているからではないのか」

「単なる自己顕示欲じゃないんですか」玉岡が口を出した。

「だったら、もっと饒舌になる気がする。今のところ、犯人は必要最小限しか語っていない。人質にも余計なことは一切言わせていない。自己顕示欲の強い劇場型の愉快犯なら、もっと演出するんじゃないだろうか」

「じゃあ、リスクを冒して世間に犯行を公表する犯人のメリットは？」

二階堂が質問した。

「自分たちの犯行の評価を求めているのではないかな。今回の犯罪は言うなれば社会全体に向けられている。そのうえで世間に評価を委ねている気がする」

「面白い見方だな」

大久保はそう言って鈴村に先を促した。鈴村は続けた。

「今回の身代金要求の相手は、ひとつを除いて、いずれも民間企業だが、ある意味で公共的な企業と言える。つまり社会全体に身代金を要求しているふうでもある」

「だったら国民への責任がある国に対して要求すればいいんじゃないか。いくら公共的な企業とはいえ、民間企業にそこまでの義務はない」

「それはそうなんだが――」

鈴村は少し考え込む仕草をしてから言った。「払わざるを得ない状況にもっていかれたならばどうかな」

「よくわからんが、世間が『払ってやれよ』という風潮になるということか？」

「犯人がその流れを見るためにやったとすれば、まず常日新聞を選んで身代金を要求した理由は納得できる」

「なるほどな。世間の反応を見て、このまま突っ走るかどうかを判断するということか」

「それって、捜査に全然関係のない話ですよね」

玉岡が横やりを入れた。

「いや、犯人側の心理の分析は重要だ」

二階堂が言うと、玉岡は黙った。

「実際に、この誘拐劇が秘密裏に行なわれ、秘密裏にそれぞれの新聞社に対して脅迫状が届けられたなら、新聞社もテレビ局も相手にしなかっただろう。敢えてオープンにしたからこそ、新聞社もテレビ局も動き、我々警察も動いたわけだ。言い換えれば、社会全体が動かしたとも言えるな」

鈴村の言葉に大久保は頷いた。

「そういう意味では、この犯人たちは相当考えた上で犯行に及んでいるということになる。心してかかる必要があるな」

*

『二時の部屋』放送開始の五分前に、チーフディレクターの野口がサブスタジオに入って席に着いた。画面を切り替えるスイッチャーと時間調整係のタイムキーパーは既に待機していた。

スタジオでは総合演出の真鍋元気が番組司会のチェリー本村と何か打ち合わせをしている。番組冒頭に「誘拐サイト」の話題に触れ、視聴者に向けてアンケートのお願いをする段取りになっている。

「本番三分前です」

横にいるタイムキーパーの大崎紀子《おおさきのりこ》が言った。

その時、後方にいる構成作家の井場秀樹が「あっ」という声を上げた。

「どうした、井場ちゃん」

野口が前面のモニター群を見ながら言った。

「今、常日新聞が誘拐サイトに投稿しました」

「なんだって」

野口は思わず振り返った。

「なんて言ってる？」

「待ってください」

井場はスマホの画面をスワイプしながら言った。

「――誘拐サイトの主宰者に申し上げます。常日新聞は、あなたの要求に従うつもりはありません。しかしながら人質の速やかな解放は切に願うものです。人質には何の罪も落ち度もありません。彼らの命を盾に取るようなことはやめていただきたいと思います。常日新聞社長　垣内栄次郎――以上です」

「本番二分前です」大崎が言った。

野口が、スタジオにいる真鍋のインターカムに通じているマイクに向かって叫んだ。

「真鍋、緊急事態だ。常日新聞が今、サイトに投稿した」

「どうします。アンケートを差し替えますか」

「そうする。番組が始まったら、その旨を本村さんに言わせてくれ。すぐに投稿内容を知らせるから、間を持たせてくれ」

「了解」

真鍋はすぐにそのことをチェリー本村に伝えた。本村も驚いていたようだったが、すぐに事態を呑みこんだ。その間、サブスタジオでは、井場がスマートフォンを見ながら、常日新聞の投稿文をスケッチブックに書き写していた。

「本番一分前」大崎が言った。

「テロップを大至急作ってくれ。『常日新聞の返答を支持しますか？　イエス、ノー』と」

ＡＤが「了解」と答えた。

「本番二十秒前」大崎が言った。

井場が「書き終えた。今すぐ、スタジオに持っていく」と言うと、サブスタジオを飛び出した。

「本番十秒前」大崎が言った。

スタジオでも真鍋が「十秒前」と大きな声を上げた。

やがて本番が始まった。

モニターに番組タイトルとテーマ曲が流れた。それが終わると、司会のチェリー本村が「皆さん、こんにちは、『二時の部屋』です」とカメラに向かって挨拶した。

「さて連日、世間を騒がせている誘拐サイトですが、今日はまた新たな展開がありました。今朝、常日新聞を名指しして、身代金を払わなければ人質を殺すと声明を出したのですが――」

本村の隣でアシスタント役の局アナ、西村真奈美《にしむらまなみ》が深刻そうな顔で頷いている。

「それに対して、ちょうど今、常日新聞が誘拐サイトに返信を投稿しました。それを読み上げます」

本村は真鍋が掲げたスケッチブックの文字を読み上げた。それはさきほど井場が書いたものだった。

「ぎりぎり間に合ったな」

サブスタジオでモニターを見ていた野口が、ため息をつきながら言った。スタジオでは、チェリー本村が再びカメラ目線で語りかけた。

「番組では、皆様にアンケートを取りたいと思います。あなたは常日新聞の返答を支持しますか？　イエスかノーを、お手持ちのリモコンのdボタンで回答してください」

そして常日新聞の投稿文をもう一度読み上げた。

番組には特別ゲストとして、元警視庁の刑事、金剛三郎が出演していた。

「金剛さんはこの事件をどう見ていますか」

本村が質問した。

「典型的な愉快犯ですな」金剛は答えた。「社会を騒がせて喜んでいる輩《やから》です」

「ということは、身代金を払わないと殺すというのは、ブラフですか」

「まずハッタリでしょう」

「しかし、実際にホームレスが誘拐されていますよ」

レギュラーゲストのカポネ青森《あおもり》が横から口を挟んだ。

「私は誘拐が事実かどうか、まだ疑問に思っています」

金剛の言葉に、スタジオにいた出演者は驚きの声を上げた。

「意外な展開だな」

サブスタジオでモニター画面を見ていた野口が呟いた。

「ということは、狂言、でしょうか」

チェリー本村が訊いた。

「狂言とまでは言えませんが、彼らは共犯者である可能性が捨てきれないと思っています」

「ネットでも狂言説を唱えている人が少なくないようですが、その根拠はなんでしょう」

「まず大人の男性を六人も誘拐するというのは現実的には難しい。また彼らを監禁しておくにもそれなりのスペースが必要です」

「金剛さんは実際のところはどうお考えですか」

「これはあくまで可能性の話ですが――」金剛は前置きして言った。「ホームレスたちは協力してくれたら金をやると言われて、この愉快犯のプロジェクトに参加したのかもしれません。あるいは衣食住をしばらく面倒みるということだったのかもしれません。実際、誘拐されたホームレスが『金になる仕事がある』と言っていたという証言もあります。だから今頃は、どこかでのんびり過ごしているのかもしれない。そう考えると、大の男を六人も監禁しておけるのかという謎も解ける」

スタジオの出演者たちの一人が感心した声を上げた。

「とにかく、こんな誘拐事件は見たことも聞いたこともない」金剛は力強く言った。

「私に言わせれば犯罪としては有り得ないものですよ」

「たしかに過去にはなかった事件ですね」

「だいたい身代金目的の営利誘拐は、普通は子供を狙うものです。企業の場合は社長とか重役ですね。つまり大金を払ってでも取り返したい存在が対象になります。ところがですよ、今回は企業にとって縁もゆかりもないホームレスですよ。こんなものが身代金目的の誘拐事件として成立しますか」

「元警視庁の捜査一課に長年おられた金剛さんに言われると、実に説得力がありますね」

チェリー本村が言い終わるとすぐアシスタントの西村が言った。

「ここで、番組冒頭に視聴者の皆様にお願いしていたアンケート結果が出たようです」

「常日新聞の返答を支持するかどうかですね」チェリー本村は言った。「早速、見てみましょう」

画面に数字のテロップが出た。「支持する」が九二・七パーセント、「支持しない」が七・三パーセントだった。

「圧倒的に支持するという結果になりましたね」

チェリー本村の言葉に、レギュラーゲストのカポネ青森が「当たり前ですよ。ぼくだって同じですよ。逆に支持しない人が七パーセントもいるなんて、信じられない」と、語気を強めて言った。

ところが、レギュラー出演者の四人のうち二人は「人質の命を優先するべき」という意見だった。

女優の白沢香子《しらさわこうこ》は「たしかに身代金を払うべきではないという意見はもっともなんですが、やっぱり私は、人質の命を最優先してもらいたいです」と神妙な顔で言った。

元プロ野球選手の島長茂太《しまながしげた》は「こんな言い方するのは何ですが、新聞社からすれば、二億円なんて、そんなにたいした金額じゃないじゃないですか。変に聞こえるかもしれませんが、ここで身代金を払えば、逆に新聞社の株が上がりますよ」と豪語した。

サブスタジオでモニターを見ていたチーフディレクターの野口が笑いまじりに言った。

「こいつら、人情派のふりをして、自分のイメージアップを狙ってるな」

井場が「見え見えですよね」と合わせた。

「けど、番組としては、こういう意見もないと盛り上がらないじゃないですか」

もう一人の構成作家の大林が言った。

「まあね。ただ、人質の命を最優先すべきという意見は、実は何も言っていないのと同じなんだけどな」

そう言って野口は笑った。

*

「今日の番組はなかなかよかったぞ」

番組終了後、スタジオを訪れた制作部長の橋本は言った。

「ありがとうございます」プロデューサーの吹石は頭を下げた。「番組開始直前に、常日新聞がサイトに投稿したので、急遽それについてのアンケートに差し替えたのですが、お陰で盛り上がったようです」

「番組の盛り上がりもだが、今回の件についての世間の見方が示されたのがよかった」

「ですね」

「今回はたまたま常日新聞が狙い撃ちにされたが、次はうちかもしれない。その時に、同じような態度でいけるとわかったからな」

吹石は頷いた。

「テレビの視聴者というのは情に流されやすい。とくに命がかかってるとなれば、なおさらだ。うちが犯人の要求を一蹴すれば、大和テレビは冷たいという声も出てくるかもしれないと考えていたが、今回のアンケートで、その心配はないとわかった」

「そうですね。九三パーセントはすごく高い数字ですよね」

「数字、いじってないだろうな」

「いじってませんよ」

吹石は手を振った。

「なら安心だ。最近はＢＰＯ（放送倫理・番組向上機構）もうるさいしな。それに怪しげなことをやれば、下請けのスタッフがいつチクるかわからない。ネットを使えば匿名のタレコミも簡単だからな」

「めんどくさい時代になりましたよ」

「ところで、今日の番組で、人質の命を最優先しろと、いい子ぶってた奴が何人かいただろう。今後、こういう意見を言い出すタレントが増えてくるぞ」

橋本は不愉快そうに言った。

「今日は細かい打ち合わせができてなくて、ぶっつけみたいになって、ああいう意見も出てきましたが、今後は事前の打ち合わせで、意見を統一します」

「うん。犯人側に立つというか、犯人に有利に働くようなコメントは、テレビとしては出せないからな」

「今後は徹底します」

「全員が同じ意見になっても困るが、基本的には、卑劣な犯人は許せないというトーンは維持してほしい」

「わかっています」

「ところで、後半に流した人質のＶＴＲだが、あれは蛇足だったな。娘を殺された過去なんて、視聴者の同情を不必要に買うだけだ。アンケートの前にやっていたら、身代金を払ってやれという意見が増えたかもしれんぞ」

「あそこまでお涙頂戴のVTRになってるとは知りませんでした。事前に見ていなかった私のチェックミスです」

「あと、『仏の松下さん』なんてスーパーはいらんだろ」

「それも現場が勝手にやったことで」

「そういうのをチェックするのがプロデューサーの役目だぞ。一応は我が社も身代金を要求されている当事者だからな」

橋本はそう言って愉快そうに笑った。

吹石は橋本の笑顔を見ながら、部のトップと言ってもまるで他人事だなと思った。しかしそういう自分自身にも、当事者意識などは微塵《みじん》もなかった。

＊

「敵さんは常日新聞に狙いを定めたね」

萩原は隣の席の三矢陽子に笑いながら言った。

「ちょっとびっくりよね、どうして常日新聞なのかしら。うちじゃなくて」

「うちは早々に、身代金は支払わないと紙面で告知したから、あれが効いたのかもしれんね。常日新聞はビビってるのを犯人に見透かされたんだよ」

三矢は少し首を傾げた。

「納得していない顔だね」

「最初に誘拐サイトが示したそれぞれの会社への身代金の額を覚えている？」

「うちが七億円、常日新聞は二億円だったたな。たしか常日新聞は一番安かったぞ。ずいぶん開きがあったからよく覚えてる」

「なんかそこがひっかかるのよね」

「会社の規模に合わせたんじゃないのか。常日新聞はかなり経営が厳しいらしいからな」

「それはうちも似たようなもんじゃないの。新聞社は今どこも苦しいよ」

「おいおい――」

萩原は周囲を見回して言った。

「うちは腐っても東光だよ。購読部数は減ったとはいえ、四百万部はある。それにいざとなれば優良不動産もある」

「私がひっかかったのは、なぜ一番安い額のところを名指しで脅迫したのかということ」

萩原は「うーん」と言った。「三矢はどう思うんだ」

「わからないけど、犯人は常日新聞を試しに使ってみたんじゃないかな。テストだから、一番安いのを使ってみた。そして——本命はうちかも」

「気持ち悪いこと言うなよ」

「でも、ホームレスが誘拐されたのは間違いないみたいだし、犯人はその場その場の思い付きでやったりしないと思う」

「つまり、今度のことも最初から計画に入っているというんだな」

「そう思わない？」

「俺にはわからないよ」萩原は肩をすくめた。「けど、うちは絶対に払わないぜ。もし身代金を払うような腰抜けの会社なら、辞めてやる」

「へえ。それ、デスクに言ってもいい？」

「やめてくれよ。冗談に決まってるだろう」萩原は慌てて手を振った。「今どき、会社なんか辞めたら大変だ」

「そうね」

「四年前、うちの会社が四十五歳以上の社員を対象に、早期退職者を募ったじゃないか。退職金四千万円超という大盤振る舞いで、結構辞めたよな。でも、風の便りでは、みんな再就職でヒーヒー言ってるみたいだぜ」

「世間を知らなすぎるのよ。今どき、四十五歳超えて、ちゃんとした企業に再就職できると思ってるのが甘いわ。新聞記者なんか何の特技も技能もないし、まして事務なんか、仕事があるわけない」

「きつい言い方するなあ」

「だってそうよ」三矢は椅子の向きを変えて言った。「四十歳超えて年収一千五百万円もあるなんて、どれだけ恵まれてるのか知らないのよ。それが平均で五百万円下がるっていうだけで、早期退職するなんて信じられないわ。五百万円下がっても、まだ一千万円あるのよ」

「何を怒ってるんだよ。お前だって東光新聞で給料もらってるんじゃないか」

「そうよ。でも、それがどれだけ恵まれているかは知ってるわ」

三矢はそう言うと、椅子の向きを直して書きかけの原稿に戻った。萩原はまだ何か言いたそうだったが、三矢を見て自分の机に向かった。

三矢はしかしなかなか原稿に集中できなかった。萩原と喋っていて、四歳上の兄のことを思い出したからだ。

兄は大学在学時、いわゆるリーマンショックがあり、就活がまったく上手《うま》くいかなかった。そのために大学を一年留年したが、それでも大手企業には就職できなかった。中小の非鉄金属加工業の会社に入ったが、三年後に会社は倒産、それからはなかなか再就職先が見つからず派遣社員となった。いろいろな企業に派遣されたが、正社員への道はなく、月の手取りも二十万円以下で、賞与などはもちろんなかった。その間も再就職のためにいろんな会社の面接を受けたが、どれも不採用だった。最終的に見つけた仕事は長距離トラックの運転手だった。体を壊すほどきつい仕事なのに、年収は三百万円にも満たなかった。

兄は三十歳を超えた今も実家で暮らしている。一人暮らしなどとてもできないからだ。学生時代から付き合っていた恋人とも別れた。三矢は彼女が好きだった。優しい女性で、三矢は彼女を姉のように慕っていた。だから別れたと聞いた時は、自分のことのように悲しんだ。明るかった兄は会うたびに暗くなっていった。

「トラック運転手はもう身が持たない。近いうちにまた派遣に戻ろうと思っている」

正月に会った時、寂しそうにそう言っていた。三矢は兄にかける言葉が思いつかなかった。

真面目な性格で仕事にも誠実に取り組む兄が不遇をかこっているのは、大学の時に大不況が襲ったからだった。日本では新卒で上手く就職できなければ、チャンスの九割は失われる。派遣社員という生計の道はあっても、一度そこに入ってしまえばもう抜け出すのは困難を極める。

三矢は時々、四十歳になった兄の姿を想像する。四十歳を超えると派遣先もガクッと減ることは過去の取材で知っていた。そうなると「日雇い派遣」しか残っていない。日当が八千円とか九千円のきつい肉体労働だ。

三矢はそれほどすごい仕事をしているわけでもない自分が、兄の何倍もの給料をもらっているのを申し訳なく思う時があった。無能な先輩社員が兄の何倍も稼いでいるのを見て腹立たしく思うこともある。それだけに年収が五百万円減ることが我慢できずに早期退職する男たちを見て、限りなく不愉快に思ったのだ。

三矢の心はいつのまにか、「誘拐サイト」に囚われたホームレスに移った。彼らもきっといくつかの不運が重なってそういう境遇に陥ったのだろう。そして今、卑劣な犯人に誘拐され、身代金のための人質とされている。犯人は彼らの命などなんとも思っていない気がした。もしかしたら目的のためには虫けらのように殺すのかもしれない。

何よりも悲しいのは、世間の人々も犯人と同じようにホームレスを見ているような気がすることだ。『二時の部屋』の視聴者アンケートでは、身代金を払ってはならないという意見に九二・七パーセントが賛成していた。建前としてはその意見が正しいことはわかる。しかしその意見の裏には、ホームレスが死ぬのは仕方がないという前提がある。誰も彼らのことなど親身には考えない。だから萩原のように笑いながら話せるのだ。

三矢は余計なことは考えないでおこうと思った。自分の考えがホームレスに兄の姿を勝手に重ねただけの偏ったものであることにも気付いていた。いったん頭を空白にして、書きかけの原稿に集中した。

＊

「その男なら知ってるよ」

隅田川の親水テラスをねぐらにしていたホームレスの男は言った。しかし安藤はぬか喜びはしなかった。これまで二百人以上のホームレスに話を聞いてきたが、そのうちの何人かが写真を見た途端、そう言ったからだ。しかし詳しく話を聞くと、単に勘違いか思い込みで、有力な手掛かりに結び付く証言は一つもなかった。

「名前は知ってますか？」

安藤は淡々と訊いた。

「石垣さんだ」

名前は合っている。しかしその人物が石垣勝男というのは、すでに知られている情報だ。目の前のホームレスがスマートフォンを持っているとは思えなかったが、誰かに見せてもらって記憶にあったとしても不思議はない。これまでにも何人かそういうホームレスがいた。

「石垣さんとはどこで会いました？」

「ここだよ。そうだなあ、半年くらいいたかな」

「石垣さんについて知ってる話を聞かせてくれますか」

その男はしばらく考え込む顔をした。

「石垣さんは昔のことはほとんど喋らなかったからなあ」

「そうですか。何か覚えていることはありませんか」

「あ、そうだ。生まれは佐渡島って言っていた」

安藤ははっとした。石垣勝男の出身地が新潟の佐渡というのは確かな情報だったからだ。ただ、それは以前にテレビで一度だけ言及されていたことだが、男がテレビを観ていた可能性は低い。安藤は「仕事は何をしていたと言っていましたか」と尋ねた。

「たしかコンピューター関係とか言っていたな」

安藤は当たりだと思った。石垣がコンピューター関連の会社に勤めていたことは保険会社の記録に残っているもので、まだマスコミからは公表されていない。聞き込み二日目で、やっと一人確定かもしれないと思った。

「石垣さんの姿が見えなくなったのは、いつ頃ですか」

「さあなあ。一ヵ月くらい前かな、いや、もうちょっと前かな」

「ほかに石垣さんを知っている人がいますか」

「ああ、いるよ」


「ようやく、一人確定しました。石垣勝男です。ホームレスでした」

安藤は署に戻って、大久保に報告した。

「石垣が誘拐されたのは間違いないようです。彼がいなくなったのは、四月の半ばです。複数の証言者がいます。佐渡島出身ということも知っていたので、確定でいいと思います」

二階堂は「ご苦労だった」と言った。

「二係の連中も今日、二人確定させてきた」

「そうなんですか」

「影山貞夫と大友孝光だ。二人ともやはりホームレスだったようだ」

二人は家族や知人から警察に通報があった人物だ。京橋署が捜査本部を置いたことで、そうした情報が本部から送られてきたのだ。松下に関しては、テレビの情報を元にして裏を取っていた。

「あと、橋口が、三月の初めだか中旬だかに代々木公園で何者かに誘拐されそうになったというホームレスの証言を取ってきた。時期的に誘拐サイトとの関連性は高いと見ていいだろう」

「だとすると、犯人たちはホームレスを無差別に攫っていた可能性がありますね」

安藤の言葉に二階堂は頷いた。

その時、山下が捜査本部の部屋にやってきて言った。

「今、杉並署から高井田康の情報も入ってきました。報告します」

山下が資料を見ながら言った。

「高井田康、元飲食店経営者。二年前、O157による食中毒で子供を死なせる事故を起こして店を潰し、その後、行方不明になっています。元店員からの通報です」

「店が潰れてホームレスになったのか」二階堂が訊いた。

「ホームレスになったかどうかの確認は取れていないようです。杉並署の生活安全課の刑事が調べたところ、自宅マンションの名義はそのままだということです。本人はずっと不在で、昨年の四月以降、水道も電気も使われた形跡がありません。ただ、口座は生きていて、基本料金の自動引き落としは継続中のようです」

誰かが「奇妙だな」と言った。山下は続けた。

「銀行のキャッシュカードは都内のATMで何度も使用されていて、今年四月五日に五百万円が引き出されているとのことです」

刑事たちの間で驚きの声が上がった。

「引き出しているのは本人か？」二階堂が言った。

「防カメでは本人かどうかは確認できなかったということです」

「別人としたら、誘拐犯の可能性が高いな」

「車はどうだ？」

鈴村が質問した。山下が資料に目を落として言った。

「ワンボックスカーを所有していて、廃車になったという記録がないので、犯人によって使用されている可能性があるとのことです。現在、Nシステムにかけています」

「その車が犯行に使われていたとしたら、大きな手掛かりになるな。報告が楽しみだ」

大久保はそう言った後、捜査員を前に確認するように言った。

「現在、四人がホームレスと判明した。それぞれが行方不明になった時期だが、橋口の聞き込みによれば、石垣勝男、松下和夫、影山貞夫、大友孝光は三月の終わり頃から四月の半ばに姿を消していることが判明している。高井田康がいつ頃誘拐されたかは不明だが、同じ頃と見ていいのではないか。四月五日に高井田の銀行カードで五百万円が引き出されているが、この金が犯行資金となった可能性が高い」

「高井田が犯人という可能性はないですか」玉岡が横やりを入れた。

「ちょっとくらい頭を使えよ」安藤が呆れたように言った。「犯人ならわざわざ顔は出さない。警察に手掛かりを与えるようなものだからな」

玉岡が不貞腐《ふてくさ》れたような顔をした。

「結局、人定が取れていないのは田中修だけだな」

大久保が言うと、二階堂がそれを補足した。

「今のところ、彼に関しては重要な手掛かりとなる通報がない。連日、テレビであれだけ流されて知人や友人から通報がないのは奇妙だ。またホームレスなら、ボランティアやホームレス仲間から目撃情報があるのに、それもない」

「もしかしたら」と大久保が言った。「田中修がこの事件のキーとなる人物かもしれんな」

## 五月十九日（十二日目）

その朝の「誘拐サイト」の声明は、常日新聞に対する返答だった。

〈常日新聞様
ご丁寧な投稿ありがとうございます。しかしながら、御社の回答は私たちの期待に沿うものではありませんでした。

人ひとりの命がかかっている問題です。もう一度、熟慮してお答えください。

私たちも人質の命を奪いたくありません。あなたたちも考えを同じくするものだと信じております。私たちにもやむを得ない事情があります。お察しいただきたい。

再度の回答をお待ちしています。まことに勝手ながら、期限は二十日の夜十二時とさせていただきます〉

三矢はその声明文を読んだ瞬間、体中の血の気が引いた。この犯人は本気だと感じたからだ。同時に、犯人の心の叫びを聞いた気がした。

犯人は人質を殺させないでほしいと言っている。これは要求というよりはお願いだ。以前の淡々とした文章とはまるで違う。それだけに、犯人の切羽詰まった感情が表れていると思った。

常日新聞が二億円の金を用意すれば、人質の命は助かる。しかし、あくまで拒否すれば、この世から一人のホームレスが消える——。三矢は背筋に冷たいものを感じて、身体が小さく震えた。

常日新聞には身代金を払う義務はない。それに卑劣な犯人に金を渡すようなことがあってはならない。それがわかっていながら、三矢はたまらない気持ちになった。

＊

京橋署の捜査会議でも、犯人の声明文が大きなテーマとなった。

「これをどう見る？」

大久保が捜査員たちに訊いた。安藤が手を挙げた。

「今回の声明文は、過去のものに比べて、非常に饒舌です。それと犯人側の感情が表れています。一種の焦りのようなものを感じます」

続いて玉岡も手を挙げた。

「常日新聞に拒否されると思っていなかったんじゃないでしょうか。一番身代金の安い会社に拒否されて、動揺している感じがあります」

「動揺かどうかはわからないが、心境の変化は見えるな。以前の落ち着きが見られない」

二階堂の言葉に何人かの捜査員が頷いた。しかし鈴村の怪訝な顔に大久保は気付いた。

「鈴村さんの意見はどうだ」

「ホームレスを六人も誘拐して監禁する犯人たちが、こんなことくらいで動揺するかな。身代金を拒否されることを想定していなかったなんて、考えられない」

「お言葉ですが、鈴村さん」と玉岡が言った。「犯罪者の頭の中は普通とは違うんじゃないでしょうか。現実に、なんでこんなバカな犯罪をやるんだろうという奴はいくらでもいます」

何人かが笑った。玉岡は続けた。

「昨日も往来ですれ違いざまに女性の胸を触って逃げたバカがいましたが、防カメにばっちり写ってるのも気付いてないんですから、頭の中はどうなってるのかと思っちゃいますよ」

「鈴村さんはこの声明文をどう読んだ？」

大久保が玉岡の言葉を無視して訊いた。

「犯人は、動揺を匂わせるために書いた気がする」

何人かが、ほう、と声を漏らした。

「この声明文を読めば、誰でも犯人は弱気になっているとか、心が揺れていると思う。しかし犯人はおそらく複数だ。この声明文をアップするのに約十八時間かかっている。複数の人間が文章を何度も読み直したはずだ」

「たしかにそうだな」二階堂が言った。「即興のチャットじゃないから、無意識の感情がつい出てしまうなんてことはないか」

「犯人が動揺していると思わせたい理由はなんだ」

大久保が訊いた。

「動揺というよりも、本当は殺したくないんだと迷っている様子を示したかったんじゃないかな」

「その理由は？」

「本気で殺すつもりでいるということを伝えるため」

一同がどよめいた。鈴村は続けた。

「殺すという言葉は誘拐犯が簡単に使う言葉だ。一種の記号のようなものだ。だから、本気なのかブラフなのか、見えにくい。しかし、今回の声明文を読むと、犯人は本気で殺すつもりだと伝わってくる」

一同は頷いた。

「ということは、逆に犯人は本当は殺す気はないということか」

大久保の言葉に、鈴村は首を横に振った。

「それはわからない。ただ、敢えて殺したくないという言葉を使って、逆に殺す意思があると見せかけた文章だと思う」

「何のために」

「おそらく常日新聞に、よりプレッシャーをかけるためだろう」

「なるほどな」二階堂が言った。「いきなりガツンといかないで、徐々にプレッシャーを強めていくわけか。やられる方はきついな」

「やむを得ない事情があるという言葉についてはどうだ？」

大久保が訊いた。

「わからない」鈴村は答えた。「適当に書いただけかもしれない。いずれにせよ、犯人側の情報が一切ない状況でこれ以上は考えても意味がないと思う」

大久保が「さて、どうするか」と言った。

安藤が手を挙げて言った。

「犯人は期限を指定してきたわけですが、これを引き延ばすのはどうでしょう。常日新聞の協力を仰ぐことになりますが、返答をもう少し待ってほしいと伝えるのです。その時、犯人がどう出るか——。出方によっては何か手掛かりが摑めるかもしれませんし、もし期限が延ばせたら、時間を稼ぐことができます」

「なるほど、いい考えだが、問題は常日新聞が了承するかだな。その前にまず彼らが今回の犯人の声明に対して、どういう返答をするかだが」

「捜査員を常日新聞に送りましょう。協力体制が必要です。私自身が行きます」

二階堂が言うと、大久保は「うむ」と頷いた。

「すぐ部下を連れて常日新聞へ行け」

＊

蓑山はツイッターのアンケートに変化が生じているのに気付いた。

昨日の『二時の部屋』のアンケートを受けて、「二代目コナン・ホームズ」と名乗るアカウントがツイッター上で同じアンケートをしたのだ。

「初代」のコナン・ホームズはなぜか突然、更新が途絶えていた。ネット上では、いろいろと憶測が飛び交っていたが、犯人側の混乱が原因ではないかということになっていた。それから多くのなりすましが登場したが、おそらく「二代目コナン・ホームズ」と名乗るアカウントもその一つだと蓑山は考えていた。本来なら有象無象《うぞうむぞう》のひとつにすぎなかったが、たまたまこのアンケートを有名コメディアンのピーナッツ山盛《やまもり》がコメント付きでリツイートしたことで、多くの注目を集めることになったのだ。

「二代目コナン・ホームズ」のアンケートはテレビと一ヵ所だけ違う点があった。「どちらともいえない」という項目が加えられていたことだ。寄せられた回答数は二万を超えていた。昨夜の時点では「身代金を払わない」を「支持する」が、約七八パーセント、「支持しない」が約七パーセント、「どちらともいえない」が約一五パーセントという結果だった。アンケートは一人で複数回押せない仕様になっていたので、工作はないと考えていいだろう。蓑山はその数字を手帳に控えておいた。

ところが今日、「誘拐サイト」から新たな声明が出されると、数字が微妙に変化してきた。昼の時点で、「支持する」が約七一パーセント、「支持しない」が一一パーセント、「どちらともいえない」が一八パーセントになっていた。新たな回答数が約一万だったので、その一万人の半数近くは「支持しない」や「どちらともいえない」に回答したことになる。つまり新たな声明によって、一般人の心情が変化したのだ。

蓑山はもしかしたら、これが犯人の狙いかと思った。

＊

二階堂らが常日新聞の本社を訪れると、最上階の社長の応接室に通された。

そこには社長の垣内栄次郎、副社長の尻谷英雄、それに五人の役員がいた。皆、一様に強張《こわば》った顔をしていた。「誘拐サイト」の声明に困惑しているのは明らかだった。

二階堂は自己紹介を終えると、単刀直入に垣内に訊ねた。

「今回の犯人の声明に対して、どういう返信をされるおつもりですか」

「さきほどもそれについて話し合っていたところです」

垣内は答えた。その言葉を尻谷が引き継いだ。

「結論としては、やはり身代金は支払わないということに変わりありません。ただ、その文言をどうするか。なるべく犯人を刺激しない言葉を選ぶ必要があります」

「刺激しないとは？」

「犯人を怒らせたり、無謀な行動に走らせたりしないことです」

二階堂は頷いた。

「それと世論の動向も見る必要があります」

常務の原島が言った。その途端、尻谷はわざとらしい咳ばらいをして、そちらを睨んだ。原島は口を噤んだ。二階堂はそれには気付かないふりをした。おそらく新聞社は、昨日の自社の返答、それに今日の誘拐サイトの声明が、世間にどう受け取られているかを調査しているのだろうと思った。

「人質の命が優先なのは変わりませんが、犯人の恫喝《どうかつ》に屈するわけにはいきません」

尻谷の言葉に二階堂は頷きながら、まあそうだろうなと思った。同時に、今回の誘拐事件の不思議さについて今さらながら考えた。

たいていの誘拐事件では、身代金を要求された方は、お金はいくらかかってもいいから人質を取り戻したいと考える。だからこそ、人質を誘拐する意味があるわけだが、今回、身代金を要求された側は、どこも金なんか絶対に払いたくないと考えている。しかしそれは当然だ。新聞社やテレビ局でなくても、一般の個人でも、縁もゆかりもないホームレスの命を助けるために一万円だって払いたくないだろう。つまりこの誘拐事件は最初から成り立つはずのない犯罪なのだ。ということは、究極の愉快犯か——。

「実は、ひとつお願いがあるのですが」

二階堂が言った。尻谷が「何でしょう」と訊いた。

「犯人との交渉を引き延ばしていただけないでしょうか」

「引き延ばすとは？」

「誘拐サイトに、返答をしばらく待ってほしいと投稿していただけないでしょうか。こちらとしては時間を稼ぎたい。時間があれば、それだけ手掛かりを得るチャンスも増えます」

尻谷はじっと二階堂を見た。

「それと犯人を焦《じ》らせ、慌てさせるという狙いもあります。今回、犯人は今までになかった長い声明を出しました。これは一種の焦りかもしれません」

社長の垣内が「なるほど」と呟いた。

「二階堂さんとおっしゃいましたね」副社長の尻谷が言った。「その提案はお断りします」

部屋にいた全員が尻谷を見た。

「もし、私たちが今日の犯人の声明を受けて、返答をしばらく待ってくれと言えば、世間はどう見るでしょうか。常日新聞は犯人の恫喝や懇願に負けて、態度を揺るがせたと考えるでしょう」

尻谷は続けた。

「私たちは、身代金を目的とした誘拐事件は、最も卑劣で憎むべき犯罪の一つであると考えています。また、それは社会のコンセンサスでもあるはずです。社会の公器と呼ばれることもある新聞社は単なる民間企業ではありません。世の模範となり、社会規範を守る存在でなければならない」

何人かの役員が頷いた。その中には社長の垣内もいた。

「その新聞社が、ここにきて戸惑いを見せれば、世間はどう思うか。また読者はどう感じるか。繰り返しますが、犯罪者に妥協しているように映るでしょう。以上の観点から、返答を待ってほしいという返信はできません」

「わかりました」

二階堂は顔を伏せて答えた。そこまで言われたら、警察としてはそれ以上は要求できなかった。

「犯人からは直接、連絡がありませんか。メールや封書などで」

「今のところありません」

「それでは、我々はこれで失礼します。何かありましたら、すぐにご連絡ください」

「ありがとうございます」

二階堂らが去った後、尻谷が言った。

「犯人への返答は、犯人を刺激しない文言にするということでしたが、さきほどの警察との会話でちょっと考えを変えました」

垣内が「どうするんですか」と訊いた。

「やはり断固とした態度を示す方が、世間や読者の信頼を勝ち得ることができるのではないかと思いました」

「なるほど」

「犯人に阿《おもね》るような文言は、読者に妥協と受け取られかねません。いや、怯懦《きょうだ》と取られるかもしれません。今回、犯人は一種の泣き落としのような声明を出してきています。それに対して、我が社が態度に変化を見せれば、読者の目には、犯人の泣き落としに共感したように見えるかもしれません」

垣内は頷いた。

「今回、犯人は人質の命をいかにも心配しているようなふりをしています。人質は殺したくない、とまるで善人を装ったかのような書き方ですが、だまされてはいけません。犯人は罪もないホームレスを誘拐し、その命を弄《もてあそ》んでいる悪人です。声明には、人質が死ねば常日新聞のせいだみたいな書き方をしていましたが、とんでもない詭弁《きべん》です」

尻谷はひと呼吸置いて言った。

「我々は、前以上に断固とした返答をすべきだと考えます」

「尻谷さんの言うこともわかりますが」垣内は遠慮気味に言った。「これは重要な問題だけに、返信を急ぐことはないのではないでしょうか」

「私もそう思います。今一度、慎重に考えるべきではと」

役員の一人が言うと、何人かが頷いた。

「重要な問題だからこそ、急ぐんじゃないか」尻谷は声を荒らげた。「こういう交渉では強気に即断即決で臨まないと、相手を押さえ込むことはできない」

＊

常日新聞の返答が「誘拐サイト」にアップされたのは、午後一時半だった。

〈私たちは人質の命を弄ぶような言葉を用いる君たちに強い憤りを覚えている。人の命は何よりも大切だが、それを盾に取って金品を要求するような犯罪に対しては一歩も妥協しない。

常日新聞〉

「今日も、この返答についてのアンケートをとります」

『二時の部屋』の総合演出の真鍋は、本番前の打ち合わせで、出演者たちに言った。出演者たちは台本を見ながら頷いた。

「皆さんにお願いがあるのですが――」プロデューサーの吹石が言った。「アンケートの際、犯人側の立場に立った発言は控えてもらいたいのです。というのも、局としては、今回の犯罪を決して許さないという立場を取っています」

「大和テレビさんも身代金を要求されてる当事者だもんな」

レギュラーコメンテーターのコメディアン、バブル月山《つきやま》が笑いながら茶化すように言った。

「人質の命は何よりも優先されるべきです。しかし、犯人に金を渡すことは、それとは次元の違う問題です」

吹石がにこりともせずに言ったので、月山も笑うのをやめた。

「皆さんの想定コメントは台本に書いてあります。必ずしもその通りに発言する必要はありませんが、だいたいそれに沿った意見をお願いします」

吹石の言葉に出演者たちは頷いた。

「でも、この事件、最終的にどうなると思います？」

レギュラーゲストの一人、タレントの田丸蓉子《たまるようこ》は隣に座っていた月山に訊いた。

「そんなこと知らねえよ。俺、犯人じゃないし」

その冗談にスタッフ一同が笑った。


本番中に出たアンケート結果には、昨日から変化があった。「常日新聞の返答を支持する」は前日の九二・七パーセントから八八・六パーセントに落ちたのだ。一方、「支持しない」は七・三パーセントから一一・四パーセントに上がった。

「この数字の変化をどう見ますか」

司会のチェリー本村がゲストの小川多津夫《おがわたつお》に訊いた。小川は大学の社会学教授で、テレビタレントのようにいくつかのワイドショーに出ていた。

「朝の犯人の声明で、人質の生命を心配する人が増えたということじゃないでしょうか」

チェリー本村は大きく頷いた。

「ところで、昨日の常日新聞の返答には社長名がありましたが、今回はありませんね」

「名義が常日新聞になっていますね。これは会社全体の強い意志を表したと言えるかもしれませんね」

「遠山《とおやま》先生はどうお考えですか」

チェリー本村はもうひとりの特別ゲストの遠山健太郎《けんたろう》に話を振った。遠山は経済学者だったが、今回の事件を経済学の観点から話してもらおうと、番組が急遽呼んだゲストだった。

「犯人と常日新聞の交渉を、ビジネスの交渉という観点から見ますと——」

「ほう、ビジネスの観点ですか」

チェリー本村が台本にあるセリフを言いながら大袈裟に驚いてみせた。

「通常ビジネスの交渉の場は、互いの要求の内容が前提としてあります。その目的は互いの利益ですね。交渉は、その利益のバランスの取り合いともいえます」

「なるほど」

「しかしながら、今回の犯人と常日新聞の交渉は、犯人側には利益があるものの、新聞社側には利益は一切ありません。これはビジネスとは言えず、したがって交渉が決裂するのは当然と言えます」

「たしかに言われてみれば、常日新聞にとって得るものは何もないですね」

「そうなのです。ところが、犯人側がそのことを理解していないような気がしますね」

チェリー本村は「うーん」と言って腕を組んだ。

五月二十日（十三日目）

その朝、「誘拐サイト」が新たな声明を出した。前日の常日新聞の返答を受けてのものだった。

〈わずか二億円で助かる命がある。

わずか二億円で失われる命がある。

期限は今夜十二時〉

「今回の犯人の声明をどう見る？」

大久保が捜査員を前にして言った。

「身代金を払えという意思表示でしょう」玉岡が言った。

「なんか標語みたいですよね。最初の二行は」

安藤の言葉に何人かが笑った。

「鈴村さんはどう思う？」

大久保は鈴村に訊いた。

「玉岡の言うように、身代金を強調してはいるが——」鈴村が答えた。「今回の声明は常日新聞に向けてというよりも、サイトを見ている人に向けて出したように見えるな」

「一般人に言って何になるんですか。ファンサービスのつもりですか」

玉岡が薄ら笑いを浮かべた。

「世間に向けてのメッセージという意味だよ」鈴村は答えた。

「何のためだ」

大久保が疑問を口にした。

「常日新聞にプレッシャーをかけるためだ」

「それはどうかな」大久保が首を傾げた。「そんなに簡単に世論は動かないと思うぞ。仮に世間の多くが、人質を助けたいと思ったとしても、まさか署名運動が起こるわけでもないし、常日新聞がそれで身代金を払うわけでもない。第一、世論を動かすには時間が短すぎる」

「犯人は常日新聞で〝実験〟を行なっていると考えればどうだろう」

「なるほど」大久保が頷いた。「一番安い身代金の常日新聞を名指ししたのも、それなら腑に落ちるところがあるな」

「じゃあ、何ですか」玉岡が言った。「まず、常日新聞が金を払うかどうかの実験って言うんですか。金を払わなければ殺すって言うんですか」

鈴村は答えなかった。

「有り得ないですよ。誘拐犯にとって、人質の命は何よりも大事なんですよ。それを殺すぞって言うから、効くんじゃないですか。実際に殺してしまえば、効果はなくなりますよ」

玉岡の言葉に誰も反応しなかった。

「まさか、そうやって一人ずつ殺していくって言うんですか。いくらなんでも常軌を逸していますよ」玉岡が眉間にしわを寄せた。

「そもそも誘拐事件なんか起こす人間は、まともな思考の持ち主じゃないけどな」

安藤が薄笑いを浮かべた。その時、大久保の携帯電話が鳴った。大久保は「そうか、わかった」と言って電話を切った。

「二階堂からだ。常日新聞は今朝の声明は黙殺するということだ」

「ということは、期限まで何もしないということですか」

「そうなるな」

「犯人はどうしますかね」安藤が腕を組んで言った。

部屋に少しばかり沈黙が流れた。

「仮にだ」大久保が口を開いた。「人質を殺したとして、彼らはどうやってそれを証明するつもりなんだ」

「動画をサイトに上げるんじゃないですか」

玉岡の言葉に、安藤が「堪忍してくれよ」と言った。

「俺だってそんなの見たくないですよ」玉岡が首をすくめた。「けど、イスラム過激派なんか、処刑映像をアップしてるじゃないですか」

「お前、見てるのか」

「見てませんよ。悪趣味すぎますから」

「もし、そんな映像が流れたら大問題だ」大久保が緊張した顔で言った。「サイトを緊急に閉鎖する必要がある」

「現在、C国にあるサーバー管理会社に、サイトの主宰者の開示要求とサイトの閉鎖要求をしているところですが、なしのつぶてです。管理会社が領土問題で揉めているエリアにあるようで大変です」

大久保は舌打ちした。

「インターネットってやつは本当に厄介だ。平気で犯罪を公開できるんだからな」

何人かが頷いた。

「では、ここで、現時点でわかっている人質のプロフィールを整理しておこう」

大久保はメモを読み上げた。

「便宜上、年齢が上の順から言う。松下和夫、六十歳、元証券会社勤務、知人や親戚などの証言から十五年ほど前から消息が知れず、その頃からホームレス生活に入ったと思われる。なお、二十年前に八歳の娘を殺害されるという過去があるが、今回の事件との関連性は今のところ見出せない。家族はいない。次に影山貞夫、五十七歳、元タクシー運転手、十年前に地下鉄で女子高生に痴漢を働き現行犯逮捕されている。その後、解雇、離婚の後、数年くらい前からホームレス生活に入ったと思われる。次に高井田康、五十四歳、元飲食店経営者、二年前に自身が経営する飲食店でO157を原因とする食中毒で客の子供を死なせる事故を起こし、後に閉店。家族はいない。一年ほど前から消息不明で、その頃にホームレス生活に入ったと見られる。ただ、杉並区にある自宅マンションは今も高井田名義になっている。またこの半年で複数回にわたって預金が数百万円引き出されているが、引き出したのが本人かどうかは不明。次に大友孝光、五十三歳、もともとが無職であったが、平成×年からホームレス生活に入ったと見られる。なお、大友は平成×年に少年たちに暴行され、右腕と右足骨折という重傷を負っている。ちなみに大友は十代の頃に日本将棋連盟のプロ棋士養成機関である奨励会に所属していた過去がある。次に、石垣勝男、四十五歳、元システムエンジニア・元テレビ番組制作会社勤務、平成×年に会社が倒産した後、ホームレス生活に入ったと思われる。以上五人は判明しているが、田中修だけはいまだに人定が取れていない」

大久保が喋り終えると、部屋の空気が少し重くなった。誰かが小さくため息をつくのが聞こえた。

「こうしてあらためて聞かされると、今回の人質たちは本当にツキのない人生を歩んできたというのがよくわかりますね」

安藤が呟くように言った。

「貧乏神というやつは、そういうツキのない人間を選んでやってくるから厄介だよ」

橋口が冗談めかして言ったが、誰も笑わなかった。

「それにしても、謎なのは田中修という人物だな。このネット社会に、こいつを知っているという人物が全然現れないというのも奇妙だ。ホームレス支援団体の聞き込みでも、田中修を知っているという人物にはまるで当たらない。もし彼がホームレスなら、誰かの記憶に残っているはずだ」

大久保の言葉に全員が頷いた。

「そもそも田中修という名前が偽名臭いですよね」

「外国人ということはないですか」

玉岡が口を挟んだ。

「玉岡にしてはいい線いってるかもしれないぞ」安藤が感心したように言った。「たしかに近年、日本にやってきた外国人なら、彼を知っている者がいないというのも納得できる。もし、田中が犯罪組織にいたとしたら、通報はしないだろうからな」

その時、山下由香里が「あのー」と言って手を挙げた。

「何か気付いたことがあるのか」

「顔が違うということはないでしょうか」

「どういう意味だ」

「田中修の顔はすごく特徴的です。眉毛がほとんどなく、唇が厚い。それに目が吊り上がっています。こんな顔は一度見たら忘れないです」

「だから、不思議だって言ってるんだよ」玉岡が面倒くさそうに言った。

「もしかして、変装しているなんてことはないでしょうか」山下が遠慮がちに言った。

「眉を落として目を吊り上げれば、顔の印象はかなり変わります。唇も実際はこんなに厚くないのかもしれません」

全員がはっとした顔をした。「盲点だったな」と鈴村が言った。「女性ならではの視点だ」

「山下の言うように、田中修がメイクか何かで顔を変えていたとするなら」と安藤が言った。「考えられるのは、正体を見破られないようにするためだな」

大久保が大きな声で指示した。

「すぐに田中修の顔を修整したモンタージュを作れ」

＊

「面白いことになってきたな」

『週刊文砲』の編集長の桑野がにやにやしながら言った。

ソファの向かいに座っていた記者の森田が「そうですね」と答えた。

「しかしわずかな金というのは言いえて妙だな。二億円は大金だが、常日新聞にとっては、特に痛くもない金だ」

「うちなら払いますか？」

「うちみたいな零細企業が一億円も払ったら、大変なことだ」桑野は言った。「しかしもし、うちに身代金を払えと言ってきたら、特集を組むな」

「常日新聞は全然記事にしていませんね」

「さすがはお上品な新聞社だよ。うちみたいな週刊誌とは違うな」

桑野は笑った。

「うちなら、まず杓子定規に犯人からの質問に答えたりはしないな。逆にこちらから犯人に質問をぶつけたり、時には挑発したりして、盛り上げるさ。で、犯人と極秘裏に交渉したいと申し出る。そのやりとりを記事にしたら、雑誌は売れるぞ」

「そんなの公開したら、犯人はその後、やりとりしませんよ」

「それなら、事件が解決してから、本にする手もある。三十万部も売れたら、十分に元が取れてお釣りが来る」

「なるほど。転んでもただでは起きないと」

「ということは、身代金は払わないというわけですね」

デスクにいる一番若い記者の角田雅美が言った。

「払うわけねえだろ」桑野はにべもなく言った。「うちに関係ないホームレスだぞ」

「じゃあ、うちの社員だったら？」

「うちの社員か」

「仮に私だったら？」

「大事な部下だ。払ってやるように社長に直訴してやるよ」

「ありがとうございます」

「その代わり払った身代金は、給料から、毎月、天引きだな。定年までな」

角田は「ええっ！」と声を上げた。そばにいた何人かが笑った。

「でも、私はこの事件、もしかしたら狂言かもしれないと、まだ思ってるんですよ」

「ネットでも一部にはそういう意見があるけどね」森田が言った。「さすがにそれはないんじゃないか。人質たちのプロフィール見てたら、そんな大それたことやれるような連中とは思えないよ」

「そうなんですけど――。私が気になるのは田中修という人物です。この人だけ、正体不明じゃないですか。もしかしたら、彼がすべての黒幕ということはないんでしょうか」

「角田ちゃん、ミステリーの読みすぎだよ。仮に狂言だとしたら、全員が仲間ということになるけど、それなら人質を殺すというのはハッタリということになるぞ」

「はい。意外に、何も起こらず、この事件は消えちゃう気もするんですよね」

「おいおい、ここまで日本中を騒がせて、冗談でしたって、済ますなんてありえないよ」

## 五月二十一日（十四日目）

その日は朝から「誘拐サイト」のカウンターがすごい勢いで動いていた。これまでサイトの更新は午前八時だったから、三十分前から、カウンターの数字が加速度的に伸びていた。わずか三十分足らずで、入場者は百万近く増えている。蓑山は、おそらくそのほとんどが、自分と同じように今か今かと更新を待ち構えているのだろうなと思った。

誘拐サイトが期限と言っていたのは、昨日の夜の十二時だ。

しかし常日新聞はサイトへ返答しなかった。

昨日の夕方、常日新聞は広報を通じて、「常日新聞は卑劣な犯罪者の恫喝には屈しない」という声明を出していたが、それに関して誘拐サイトからの反応はなかった。昨夜の十二時に何らかの更新があるかと、蓑山もずっとパソコンを睨んでいたが、結局、何のリアクションもなかった。

八時になった。蓑山はブラウザの更新ボタンをクリックした。

トップ画面に変化はない。時間を置いて、何度か更新ボタンをクリックしたが、結局、何の更新もなかった。死体の映像がアップされているかもしれないという緊張感と恐怖がゆっくりと消えていった。しかし一方で肩透かしを食らった気分だったのもたしかだ。

誘拐サイトが立ち上がって以降、何の声明もない日は初めてだった。更新がないというのは、犯人が混乱していることを示しているのか。ハッタリをかましてみたものの、常日新聞の毅然とした態度に、結局は怯《ひる》んだのかもしれない。人質を殺すこともできず、かといって、別の手を講ずることもできず、ついに行き詰まってしまったのか。

蓑山はソファに移動して、身体を横たえた。少し仮眠を取ろうとした。うとうとしかけた時、携帯電話が鳴った。『週刊文砲』のデスクの林原からだった。

「蓑山さん、テレビ見た？」

「何かあったの？」

「渋谷で生首が発見されたんだ。誘拐サイトの人質じゃないかと言われている」

渋谷のハチ公前に、生首が置かれていたという通報があったのは、午前七時四十分だった。

*

大学生がハチ公前に置かれていた白い紙の箱を何気なく開けてみたところ、そこに人間の首が入っているのを見つけ、仰天してすぐ近くの交番に伝えたのだった。

首はただちに渋谷署に運ばれた。それは初老の男性の首ということで、「誘拐サイト」の人質の一人である可能性が疑われ、サイトの動画と見比べられた。その結果、人質の一人、松下和夫に酷似しているとの見方が大半を占めた。

京橋署の二階堂らが渋谷署に到着したのは、午前九時少し前だった。

「二階堂、久しぶり」

渋谷署の刑事課長の水田明《みずたあきら》が挨拶した。二階堂とは同期で、以前、池袋署でともに勤務していた。

「ホトケは人質なのか」二階堂が訊いた。

「おそらく」水田は答えた。「しかし顔が似ているというだけで、まだ確定はしていない」

「見せてくれるか」

水田は二階堂らを冷蔵保管所に案内した。

保管所から取り出された首を、二階堂らはじっくりと検分した。

「動画の中の松下和夫という男にそっくりだな」

「ああ、まあ十中八九間違いないと思う。ほくろの位置も同じだし、耳の形もそっくりだ。じっくり比較すれば、他にも類似点は見つかると思う。ただ、この首が松下和夫という人物本人であるかどうかを確定するためには、もう少し時間がかかるかもしれない」

「箱の中に、首以外のものは？」

「今のところ、何も出ていない。髪の毛が何本か検出されているが、おそらく本人のものだろう。まあ、これから鑑識がじっくり調べるが、手掛かりになるようなものが出るかどうかはわからない」

「死因は？」

「不明だ。今、監察医がこちらに向かっている」

「胴体がないことには死因を突き止めるのもかなり難しいな」

二階堂の言葉に水田が頷いた。

「犯人はなぜ首だけを切り離したんだろう」

「さあな、死因を特定されるのを嫌がったか、敢えてショッキングな方法を取ったか」

たしかに現時点ではそれ以上は何とも言えない。ただ、ショッキングな方法を取ったというのは、わかる気がした。

その時、部屋に二人の刑事が入ってきた。

「石山《いしやま》です」

「亀田《かめだ》です」

石山は二階堂に気付くと、「お久しぶりです」と挨拶した。石山はかつて池袋署にいた時の部下だったが、今は警視庁本部に所属していた。

「お前、今、どこにいるんだ」

「一課です」

二階堂は頷いた。警視庁の捜査一課の刑事がやってきたということは、本部もこの事件に本格的に乗り出すということだ。殺人事件となれば当然だった。

「ということは、特捜本部が置かれるということだな」

渋谷署の水田は言った。

「殺しですから、おそらくそうなるでしょう」石山は答えた。

「しかし今のところ、誘拐事件との関連は確定していない。うちは独自に死体遺棄事件として捜査する」

二階堂は水田の屁理屈に苦笑した。生首が人質のものであるかどうかは確定していないが、さきほど水田自身が十中八九間違いないと言ったばかりではないか。彼がこの事件をやりたがっているのはわかっていた。この事件の世間の注目度は高い。まして人質が死んだとなれば尚更だ。刑事として、これほど血が騒ぐ事件はない。

若い石山と亀田は黙っていた。

「まあ、特捜本部か共捜本部かは、上が決めることだ」

二階堂は言った。

「そうだな」と水田はそう言って笑った。「その時はよろしく頼むよ」

「ところで、首以外の部分は見つかっていないんだな」

「今のところはな」

「首以外の部分が出たら知らせてくれ」

「ああ」

*

「さきほど、うちにも本部の刑事が来た。近いうちに特捜本部が設置されることになる」

渋谷署から戻って報告に上がった二階堂に、大久保が言った。

「それは本部にですか、うちにですか」

二階堂の質問に、大久保はにやっとした。

「うちだ」

「やりましたね」

「進藤さんが本部の部長に呑ませたよ」

「さすがですね」

「しかし本部の協力を得られるというのは大きい。ホームレスの聞き込みや犯人のアジトを突き止めるにも、うちだけでは限界がある」

「はい」

「このヤマはどこの署も注目している。まあ、うちが最初に手を挙げたものだから、うちに優先権があるが、死体に関しては渋谷署に権利があるしな」

「うちで首を引き取るわけにはいきませんか」

「できなくはないが、ややこしいことになる」

二階堂は頷いた。

「しかし判明したことは教えてもらえるだろうから、それでいいじゃないか」

「でも、バーターとなれば、こちらも向こうに情報を渡さなくてはいけません」

「細かいことを言うな」大久保は言った。「渋谷署との間に共捜本部が置かれることになれば、同じことだ」

「わかりました」

「みんな、二階堂の話を聞いたな」大久保は刑事たちに向かって言った。「死体の首は人質の松下和夫と見ていいだろう。それに、犯人一味に殺されたと見て間違いない」

刑事たちは真剣な顔で頷いた。昨日までは冗談を言う余裕があったが、殺人が起きた今、その顔から笑いは完全に消えていた。

「犯人は本気だったんですね」玉岡がぽつりと言った。

「それにしても首を切り取るなんて、猟奇的だな」安藤が首を傾げた。「意図がわからない」

「首を切った理由は何だと思う？」

大久保が刑事たちに問いかけた。

「殺害方法をわからなくするためじゃないですか」

玉岡が答えたが、大久保に「その理由は？」と訊かれて言葉に詰まった。

「持ち運びしやすいようにだろう」

鈴村が口を開いた。皆が鈴村を見た。

「人質を殺した犯人は、それを証明する必要があった。サイトで殺害声明を出しても信憑性がないし、動画は細工を疑われる。なら、死体を公開するのが手っ取り早い。しかし男性の死体を街中に晒すのは大変だ。箱に入れたり布でくるんだりしても、大きすぎて目立つ」

「車を使えば死体も運べるでしょう」玉岡が言った。

「降ろす時に見られるし、防カメに写る。車が特定されたら、Nシステムで簡単に追跡される」

刑事たちは頷いた。

「その点、首だけなら、ちょっと大き目のリュックサックに入る。もちろん防カメには写るが、変装して人混みにまぎれこめば、カメラの追跡をかわすことも可能だ。防カメのない地点まで車で運び、そこから人間が運べば、追跡は困難だろう」

「犯人は慎重な奴だな」二階堂が憎々しげに言った。「普通の犯罪者は防カメまで頭が回らないものだが」

たしかに二階堂の言う通りだった。ひったくりや路上での暴行事件はその気になれば、たいてい防犯カメラで追跡できる。複数の防犯カメラに残された映像からリレーのように辿れば、犯人の家や住んでいるマンションの部屋まで突き止めることも可能だ。近年、防犯カメラのお陰で、検挙率は飛躍的に上がっている。

「けど、犯人はきっとどこかの防カメに写ってますよね」

玉岡が二階堂に訴えるような目を向けた。

「今、渋谷署が調べているだろう」

「今さらですが、防カメって本当に便利ですよね」

「けど、これが導入される時には、すごい反対があったんだぞ」

安藤が思い出したように言った。

「え、そうなんですか。どうしてですか」

「プライバシーの侵害だとか、国による監視社会は許せないとか、人権派の弁護士や文化人がこぞって反対したんだ」

「何、それ」玉岡がすっとんきょうな声を出した。「連中は犯罪者の味方ですか？」

「そう言えば、当時は東光新聞や常日新聞も反対していたな」

大久保が言った。玉岡が呆れたように手を広げた。

「まあ、それはともかく、犯人は殺人を犯した可能性が極めて高い。これからは殺人容疑で捜査する」

この日、進藤署長の命令で、京橋署は刑事課の四つの係をすべて投入することが決定した。京橋署始まって以来の捜査陣容になった。

*

渋谷で発見された生首は、世間に衝撃を与えた。

「誘拐サイト」の一連の出来事は大きな注目を集めていたが、これまではどこか真剣に捉えられていないきらいもあった。まず新聞がほとんど記事にしていなかったし、テレビでもニュースよりもワイドショーなどで扱われる方が多かった。というのは、人質となったホームレスが本当に誘拐されているのか不明という見方があったからだ。一部には「いたずらではないか」という声も根強くあった。

しかし現実に人質が殺され、しかも生首が渋谷の雑踏の中に置かれるという惨劇が起こった今、これは紛れもない「事件」であると、人々が認識した。

また首の主が松下和夫であったということが、人々に大きなショックを与えていた。過去に娘を殺された男が、ホームレスになり無惨に殺害されたということへの憐《あわ》れみ、さらに彼がホームレス仲間から「仏の松下さん」と呼ばれていたことも、多くの人の同情を誘っていた。それだけにネット上では犯人に対する激しい怒りの書き込みが飛び交っていた。

佐野光一もまたニュースを見て愕然とした一人だった。自分はとんでもない連中に関わっていたのだと思うと、全身の震えを止めることができなかった。

バイトをしていた定食屋は、警察の事情聴取を受けた後に辞めていた。刑事から厳しく取り調べを受けたショックは二日経っても鎮まらず、店に休ませてもらいたいと電話すると、いきなりクビを言い渡されたのだ。それ以来、外に出るのもおっくうで、ほとんどアパートの部屋から出ていない。幸い少しばかり蓄えはあったので、すぐに働かなければならないということはなかった。

おそるおそるツイッターを開いてみると、コナン・ホームズ宛のリプライが山ほどあった。最新のものはほとんど生首についての追及だった。

〈なぜ殺したのですか〉

〈あまりにもひどいじゃないですか〉

〈コナンさんは止めることができなかったのですか〉

〈松下さんが可哀想すぎるじゃないですか〉

〈残酷すぎる！〉

佐野は怖くなってツイッターを閉じた。アカウントを消してしまいたかったが、警察署から消さないようにという要請を受けていたため、勝手に消す勇気もなかった。

＊

その日、東光新聞の緊急役員会に出席した役員たちは全員、強張った顔をしていた。議題は「誘拐サイト」が自社に向けて声明を出してきた時に、どう対処するかというものだった。東光新聞は十七日に夕刊の紙面で「身代金は支払わない」旨の意思を表明した後は、とくに役員たちが具体的な対応策について話し合うことはなかった。しかし常日新聞が名指しで身代金を要求され、それをはねつけた結果、人質が殺害されたいま、次に東光新聞が標的にされるのは大いに予想できた。

「人質が殺されたのはショッキングですが、もし我が社に直接身代金を要求されたとしても、やはり払うわけにはいかないでしょう」

常務の橋爪正樹《はしづめまさき》が言った。

「それは当然だ」

社長の岩井保雄が深刻な顔で頷いた。

「もし、犯人が、常日新聞と同じように、我が社に対して返答を求めてきた場合、いかがいたしましょう」

専務の木島満男が言ったが、全員がすぐには口を開かなかった。

「そのことに若干関連するのですが」営業局長の長谷川淳《はせがわじゅん》が言った。「ネットでは、犯人に対する怒りの声も多いのですが、常日新聞に対する非難の声も少なくないのです」

「そうなのか」

岩井が驚きの声を上げた。

「さきほどネット戦略部が上げてきた資料によりますと、今回の生首事件に関するツイートを分析したところ、約三割が常日新聞に対する非難だったということです」

誰かが「そんなに！」という驚きの声を上げた。

「まだ現段階では、細かい分析はできていませんが、任意に取り上げた五百のサンプル数から割り出した数字です」

「非難は具体的にどういうものだ」

岩井が言った。長谷川は手元の資料を読み上げた。

「非難の六割は金銭面への言及です。抜粋して一部を読み上げます。——常日新聞は人質を見殺しにした。二億円なんて新聞社にとって、はした金だろう。二億円で助かる命を助けなかった——」

「勝手なことを言って」岩井が舌打ちした。「二億円がどれほどの大金かわかっているのか」

「非難の一部を紹介します」長谷川が再び資料を手に取った。「——日頃、命の尊さを紙面で説きながら、いざとなればホームレスを見殺しかよ。常日新聞よ、弱者の目線でとか言うなよな。お前たちが偽善者というのはよくわかった。お前たちにとってはホームレスなんて虫けらみたいなものだろう。新聞社なんて奇麗ごとしか言わない連中だというのが明らかになったたな——」

「もういい」

岩井は言った。長谷川はほっとしたように資料を机の上に置いた。

「世間の連中というのは、実にいい加減だとよくわかったよ」岩井が吐き捨てるように言った。「同時に感情的になりやすいというのもな。新聞社への非難なんて、まったく的外れもいいとこだ」

役員たちは頷いた。

「悪いのは犯人だろう。新聞社が殺したわけじゃない」

「犯人への非難は七割を超えています」

「当たり前だ。そんな数字じゃ足りない」

岩井はいらいらしたように机を指で何度も叩いた。役員たちは黙った。

「編集局長」岩井は言った。「社説では、犯人たちの卑劣さを強調するように。常日新聞は被害者であるということを訴えると同時に、今回のことでは毅然とした態度を貫いた、と」

編集局長の丸岡は「わかりました」と答えた。

「いいか。常日新聞社にも責任の一端があると読者に思わせるような記事には絶対にするな」

*

「番組にも苦情のメールが多数寄せられています」

『二時の部屋』のチーフディレクターの野口が暗い顔をして言った。

「うちは関係ないじゃないか」

　プロデューサーの吹石が憤慨した。

「うちの番組が身代金を絶対に払うなというトーンで放送したことが、犯人を刺激したという意見です。またそのスタンスを非難するメールが少なからずあります」

「そういうことか」

「あと、お前のところも身代金を要求されているから、敢えてそういうスタンスを取ったのだろうというのが結構あります。同じようなのが、ツイッターの中にも少なからずあるようです」

　野口の言葉に、吹石は大きなため息をつきながら言った。

「人質が死んで、急にフェーズが変わった感じだな」

「来週の番組はどうします」

「淡々とやれ」吹石は言った。「ただし視聴者アンケートはやめだ」

「わかりました」

「あと、可能なら犯罪心理学者をスタジオに呼んで、犯人のプロファイリングをやろう。

視聴者の意識を被害者ではなく、できるだけ犯人に向けるんだ。そうだな、元捜査一課の金剛も呼べ」

「今回のことでは、金剛さんは気の利いたことは言えそうもないですよ。だって前回、はったりの愉快犯だろうと言ってたんですから」

「そんなこと視聴者は忘れてるさ。犯人のことさえ喋ってくれれば、なんだっていいんだ」

「わかりました。今すぐ当たってみます」

*

「さきほど渋谷署から連絡がありました」

二階堂が大久保に報告した。

「生首の脳の血液中からかなりの量のセコナールが見つかったようです。バルビツール酸系の睡眠薬で、大量摂取すると、死を招くそうです」

「睡眠薬か。それは市販されているものか」

「市販薬と処方薬の両方があるようですが、現在のところは、そのどちらかまではわかっていないようです。ただ、血液中の残留量から、大量に摂取したのは間違いないみたいです」

「防カメはどうだ」

「今、周辺のカメラの映像を分析中だそうです」

二人が話している時、二階堂の携帯電話が鳴った。ホームレスの聞き込み捜査中の玉岡からだった。

「どうした、何かあったか」

「いえ、今、誘拐サイトを見たら、犯人が声明を出していました」

「本当か」

「たった今です」

「よし、わかった」

二階堂は自分の机に戻ると、パソコンを立ち上げ、「誘拐サイト」を見た。

〈松下和夫さんのご冥福を祈ります。

常日新聞が二億円さえ用意できれば、失われることがなかった命です。大変、残念です〉

「ふざけやがって」

二階堂の言葉に、たまたま部屋にいた鈴村がやってきてパソコンを覗き込んだ。文章を見た瞬間、「畜生め！」と呟いた。

「こいつら、人の命を何だと思ってやがる」

珍しく鈴村が感情を露わにした。

「まったくだ」

二階堂は抑えた声で言った。いつのまにか後ろに大久保が立っていた。彼もまたパソコンの画面を見ながら、怒りに震えていた。

「犯人はホームレスの命を単なる交渉の道具として使っているつもりだな」

大久保の言葉に、二階堂と鈴村は頷いた。

「犯人は次にどう出ますかね」二階堂が言った。

「そんなことはわからんが、新たな犠牲者は何が何でも阻止するんだ」

その日の午後、警視庁本部から二十人の刑事が京橋署にやってきた。

「よろしくおねがいします」

警視庁捜査一課の甲賀《こうが》一郎《いちろう》は京橋署の署長室で進藤に挨拶した。

「こちらこそ、本部から応援が来たとなれば、百人力です」

進藤は軽く会釈しながら右手を差し出した。

「誘拐サイト」の事件に関する特捜本部は京橋署に置かれることになり、警視庁本部はそのために刑事を送り込んできたのだ。甲賀はそれを束ねる管理官だった。

進藤は特捜本部の広い会議室に甲賀たちを案内した。刑事たちは互いに挨拶を交わした。中には顔見知り同士も何組かいて、声を掛け合っていた。すでに京橋署も四つの係をすべて投入していたので、特捜本部は一挙に五十人を超える大所帯となった。今やこの捜査は警視庁の威信をかけたものとなった。

＊

「副社長、あまりよくない報せです」

常日新聞の販売局長の柳田英輔《やなぎたえいすけ》は尻谷の部屋に入るなり、重苦しい口調で言った。

「誘拐サイトのことか」

「それに関連することです」

「ネット上の非難の話なら、わざわざ報告に来る必要はない」

尻谷はソファにもたれると、足を組みながら言った。

「実は全国の販売店からいくつか報告が上がってきているのですが――」

柳田はいったん口ごもった。

「なんだ、はっきり言え。販売店主が非難してるって言うのか」

「いえ」柳田は言った。「うちの購読を取りやめたいという顧客が増えているそうです」

「なんだと」

尻谷は組んでいた足を解いて、体を起こした。

「報告があったのはまだ一部に過ぎず、全体の数字はまるでわかりません。ですが、報告によると、各店平均して一パーセントほどの契約解除です」

「どれくらいだ」

尻谷は啞然とした。もし全国の販売店から一パーセントの購読取りやめとなれば、大変な事態だ。尻谷は頭の中で素早く計算した。ざっと見積もっても、減収額は年間で十億円近い。たったの二日で、それだけの減収になったのだ。この流れが止まらなければ大変な事態になる——。

「なんてことだ」

尻谷はソファにぐったりともたれた。遅れて怒りの感情がやってきた。

「ホームレスが死んだのは、うちのせいじゃない！」

思わず語気が荒くなった。柳田が神妙な顔をして頷いた。

「どうしてうちがこんな目に遭わなけりゃならないんだ」

「まったくです」

「うちは被害者だろうが」

柳田は黙って頷いた。

尻谷の頭の中に十億円という数字がぐるぐると回った。

「こんなことなら、身代金の二億円の方がずっと安かったじゃないか」

思わず呟いた。柳田が「そうですね」と相槌を打った。

「そうですね、だと」尻谷は怒鳴った。「もし二億円を支払ってみろ。常日新聞は卑劣な犯人に屈した新聞社というレッテルが貼られる。そんなことになれば、購読取りやめは、一パーセントじゃ利かないぞ」

柳田はどう答えていいかわからない顔をした。

「大至急、方策を考える必要がある。すぐに社長に報告する」

「はい」

「それと、このことは緘口令《かんこうれい》を敷く。販売と営業だけで押さえておけ。他の部署には言うな」

柳田は強張った顔で「わかりました」と言った。

*

「少し前、渋谷署に行っている安藤から、防カメについての報告がありました」

夕方、二階堂が大久保に報告した。

「複数のカメラがハチ公前に白い箱を置く男を捉えています。キャップを被り、黒っぽいジャンパーを着た男です。年齢まではわかりません。男は地下へ降りたところで、姿を消したということです。おそらくカメラの死角で、服を着替えたと思われます」

「だったら、その前後のカメラはどうなんだ。そのカメラに突然現れた男がいるはずだ」

「渋谷署もそう考えて、前後のカメラに写っている人物をくまなく探したそうですが、該当者は今のところ見つかっていないということです。朝のラッシュで、すごい人だそうです」

「背広に着替えていたら、なかなか見分けがつかないか」

「渋谷署は引き続き、カメラ映像を検証すると言っていますが、もし、死角でしばらくじっとしていた場合、検証する映像はその分長くなりますし、チェック対象も膨大な数になります」

「交番の目と鼻の先で、しばらくじっとしていたとすれば、犯人は相当大胆で慎重な奴だな」

「はい。アジトに戻るまでに、何度か服を着替えている可能性もあります。そうなると、もう追えません」

「まあ、カメラでアジトまで辿るのはかなり難しそうだが、今のところ、それしか手掛かりがないからな」

その時、渋谷署に行っていた安藤と三田が帰ってきた。

「お疲れさん」大久保は言った。「カメラの話は二階堂班長から聞いたよ」

「あの報告の後、遺留品が出ました」

大久保と二階堂が同時に「何？」と反応した。

「メトロの清掃係が地下道でキャップとジャンパーを保管していました。落とし物だと思っていたそうです。状況から見て、おそらく犯人のものと思われます。現在、渋谷署が押収して、指紋や毛髪が出ないか鑑識に回しています」

「やはり犯人は死角で着替えたんだな」大久保が言った。「それで、現物を見たのか」

「はい。ざっと見た感じでは、薄汚れた古いものでした。人質のホームレスのものを使用した可能性があります」

「それなら、ブツの購入履歴から犯人を辿ることはできないか」二階堂は苦々しい顔で言った。「犯人は相当に狡猾《こうかつ》な奴だな」

「しかし、これで犯人は都内に潜んでいることが明らかになりましたね。朝の七時半頃に渋谷駅前に首を置くんですから、少なくとも首都圏であることは間違いない」

「ホテルに宿泊すれば、地方からでも可能ですよ」

玉岡が口を出した。

「可能性としてはあるが、首の入った箱を持ったまま、ホテルに宿泊する危険を冒すとは思えないな。それこそホテルの防カメでばっちり撮られるしな」

二階堂の言葉に玉岡はしぶしぶ頷いた。

「しかしわからないのは、なぜ昼間に置かなかったかだ。昼間なら首都圏と限定されずに、犯人のアジトを捜索する範囲は広がるのに」

「ラッシュの時間帯を狙ったからじゃないですか」と玉岡が言った。

「それなら夕方のラッシュを狙えばいい」

「もしかして、犯人からの挑戦かもしれない」

考え込んでいた鈴村が顔を上げた。

「挑戦って、どういうことだ」

鈴村が何か言いかけた時、山下由香里が、「あっ！」と大きな声を上げた。

「どうした？」

「犯人のサイトが消えています」

「消えたって？」

「はい」山下がパソコンの画面を見たまま答えた。「今、誘拐サイトを見ていたら、突然、消えたので、何かのエラーかと思って、もう一度、検索し直して入ろうとしたのですが、全然入れないというか、サイトそのものがなくなってるんです」

「どういうことだ」

大久保は混乱が隠せないようだった。

「わかりません」

「もしかして、事件の収束を図ったってこと？」

玉岡が独り言のように言った。

＊

「誘拐サイト」の突然の閉鎖は、夜のニュース番組でも流された。渋谷駅前で生首が見つかってからは、国民の一番関心の高いニュースになっていた矢先の出来事だったから、これも大きな話題となった。

蓑山は、サイトの閉鎖の理由について考えた。ＳＮＳ上でも様々な憶測が飛んでいた。蓑山は判断に迷うと、いつもＳＮＳに書かれた匿名の書き込みを読むことにしていた。多数派の意見を参考にするためではない。自分にはない発想と思考に触れるためだ。

〈犯人、びびった？〉
〈やってしまった後で、怖気《おじけ》づいたか〉
〈捜査の手が身辺に迫ってきたのを感じたんじゃないか〉

といった犯人逃亡説がかなりあった。その一方で、

〈警察がサイトを押さえたか？〉
〈インターポールが動いた？〉

といった、何らかの力がサイトに働いたのではないかという説もあった。

犯人がこの期に及んで突然犯行を取りやめるとは考えられなかった。人質を殺すことは最初から想定内だったはずだ。殺してしまってから、怖気づくなどということは有り

得ない。

蓑山は過去の取材で多くの殺人事件を見てきた。喧嘩やトラブルでカッとなってやった場合、これらは言ってみれば一時の感情の爆発で起こった殺人だ。また窃盗に入った先で、家人に見つかって殺した場合とか、女性を強姦してしまい、それを隠すために殺したケースも同様だ。いずれも計画的な犯行ではない。しかし今回の殺人はそれらとは違う。あくまで計画に則《のっと》って冷酷に殺人を行なった。なまじの覚悟でやれることではない。そんな犯人たちが、ここで突然計画を中止するはずがない。

だとすると、サイトが消えたのは、サーバーの閉鎖しか考えられない。噂ではいくつかの国のサーバーを経由して、最終的にC国のサーバーを使っているということだった。ただ、いくつ国を経由しようが、完全に足跡を消すことはできないと言われている。つまり遅かれ早かれ、サイトの閉鎖は約束されていたと言える。

問題は犯人たちが今回の閉鎖を想定していたかどうかだ。もし想定外なら、サイトを失った犯人たちは今後、どのような手段を取るのか。劇場型犯罪の主役が「劇場」を失ったのだ。

蓑山は今回の誘拐劇が新しい展開を迎えるような気がしたが、実際にどのような形になるのかは想像もつかなかった。

＊

「誘拐サイトの閉鎖はラッキーでしたね」

東光新聞の専務の木島が言った。

銀座のレストランの個室には、社長の岩井保雄以下、七名の役員たちがいた。ふだんは役員たちが集まって食事をすることはほとんどないが、事態が事態だけに、意見交換の場を持つ必要があった。

「これで、誘拐サイトは手も足も出ませんね」

木島の言葉に、全員が頷いた。常務の立花が続けた。

「あのサイトが厄介だったのは、世間にやりとりのすべてを公開されてしまうことでした。あれをやられては、我が社も簡単には動けませんからな」

「気の毒に、常日新聞は犯人に名指しされたばかりに、一部の人間から人質の死は彼らのせいだと言われて」

「ちょっと小耳にはさんだのですが」営業局長の長谷川が言った。「常日新聞は購読取り止めがちらほら出てるという話です」

「本当か」

さっきから黙って食事をしながら話を聞いていた岩井が、驚いた声を出した。

「地方には、常日新聞も扱っているうちの販売店があって、そこから入ってきた情報では、購読取り止めが起こっているということです」

「どれくらいだ」

「すみません、まだそこまでは確認が取れていません。さきほど販売部の部長がメールで伝えてくれたもので、細かい数字までは把握しておりません」

「大至急、それを確認しろ」

そう言った後、岩井は大きく嘆息した。

「もし、常日新聞の購読取り止めが増えているという話が本当なら、大衆というのはつくづく感情で動く生き物だということがよくわかるな」

役員たちが頷いた。

「とくに人の生き死にに関してとなると、理屈なんて簡単に超えてしまう」

「日本人はその傾向が強いです」副社長の安田が言った。

「犯人がもしうちを名指ししていて、同じような結果になっていたら、今頃は大変なことになっていたかもしれん」

「ですが、社長、犯人は今後、うちを名指ししてくるかもしれません」

木島の言葉に、一瞬、個室が静まり返った。

「それなら、今回のサイトの閉鎖は尚のことよかったじゃないか」

安田がわざと明るい声で言った。「もし、直接、うちに脅迫状が送られてきたとしても、うちはその内容を公表しなきゃいい」

全員が頷いた。

「そう言えば、昔、『グリコ森永事件』というのがあったな」岩井が言った。「あの時はネットがなくて、『かい人21面相』と名乗る犯人たちは、脅迫文を新聞社に送った。それを新聞社が紙面で公開した。劇場型犯罪の走りだったな」

「ありましたね。私はまだ大学生でした」

編集局長の丸岡が言った。

「新聞社は脅迫文を載せることによって新聞の増売を目論《もくろ》んだのだろうが、今にして思えば、犯人に都合よく使われていたとも言えるな。あの事件以降、新聞はその手の犯行予告や声明を載せなくなったからな。しかし今はネットがあるから誰でも犯行声明を公開できる」

「今回、サイトが閉鎖されてよかったです」

「でも、犯人はまた新たなサイトを作る可能性がありますよ」

「警視庁に頼んで、そういうサイトを一斉に消すことはできないのか」

「現状では、見つけたら、地道に消していくしか方法がないのですが、海外にあると、時間がかなりかかるらしいのです」

「インターネットに関しては、警察といえどお手上げです。ネットの世界に国境はないのが現状です。通関もなければ、ビザも必要ないのです」

「すると、もう現れないのを祈るしかないのか」

岩井の言葉に、役員一同は沈黙した。

*

その日、深夜にスマートフォンでツイッターを開いた玉岡は、「誘拐サイト復活」というハッシュタグがトレンドに上がっているのを見て驚いた。検索すると、サイトを紹介しているアカウントが見つかった。アドレスをタップすると、サイトに飛んだ。

そこには見慣れた黒塗りの画面に、〈ようこそ。私たちのサイトに〉という文章があった。以前の「誘拐サイト」とまったく同じ画面だ。

新着情報をタップすると、いきなり謝罪文が現れた。

〈私たちは心ならずも人質を殺してしまいましたが、自分たちの行なってきた所業の恐ろしさに気付き、愕然としているところです。

そこで、もうこのような犯罪はやめようと決心し、サイトを閉鎖しました。

しかし、人質は私たちの顔を見ているため、解放するわけにはいかないことに気付きました。そこでやむなく人質は全員殺すことにしました。

前に人質の命を奪った時は身代金のためであり、それはあまりにも身勝手な犯罪でしたが、今回は自分自身の身の安全を確保するためのもので、許される行為であると考えています。近いうちに、残りの五つの首を都内の数ヵ所に置くことになります〉

なんだ、こりゃ！　と玉岡は思わず声を出した。

展開がめちゃくちゃすぎる。人質を全員殺すというのもわけがわからないが、それが自分の身の安全のためだから許されるという論理もあまりに身勝手だ。というか論理が破綻している。犯人は狂っているのか。それとも混乱の極みなのか。

サイトの入場者数は百万を超えていた。このサイトについてのツイートも膨大な数になっていた。ほとんどのツイートが、サイトの身勝手な理屈に怒りをぶつけていた。

玉岡はすぐに先輩の安藤に電話をした。時刻は十二時を過ぎていたが、緊急事態なので許されるだろう。

「どうしたんだ、こんな夜半に」

電話に出た安藤の声は明らかに寝ぼけた声だった。

「安藤さん、誘拐サイトが復活しました」

「何！　いつだ」

「一時間ほど前です。犯人たちはそこで新しい声明文を出していて、犯行はもうやめると――」

「本当か」

「ですが、人質は自分たちの顔を知っているから、全員殺すと言っています」

電話口の向こうでしばらく沈黙があった。

「安藤さん、聞いてますか」

「聞いてる」

「いやあ、まったく予想外の展開です」

「そのサイト、本物か？」

玉岡は「えっ」とつい声が出た。

「そのサイトがいたずらじゃなくて、犯人が作ったものだという証拠は何だ」

玉岡はすぐには答えられなかった。言われてみればそうだ。これほどの大事件だ。模倣犯が出ても不思議ではない。

「いや、それは今確認中です。たしかに、いくつか不明な点もあって、確定とは言えないのですが――」

「すぐに確認しろ。それで本物だったら、あらためて電話しろ」

「はい」

玉岡は電話を切ると、今度はパソコンでサイトを開いた。

サイトは以前と同じ画面だったが、そんなものは誰でも作ることができる。犯人であると証明できる何かがないと、本物とは言えない。もし、人質の未公開映像や人質の殺害シーンとかがあれば、本物と断定できるだろう。しかしサイトにはそんなものは一つもなかった。いやな動悸を感じながら、次にハッシュタグが付けられた「誘拐サイト」のツイートを見た。すると、〈インチキじゃね〉〈本物じゃないだろう〉〈職人乙〉というツイートがいくつもあるのに気付いた。

玉岡は泣きそうな気持ちで安藤に電話した。

「本物だったか」

「いや、それが――」

電話の向こうで少し間があった。

「玉岡」安藤は言った。「お前、来年は交通課に復帰決定だな。俺が推薦しておいてやるよ」

「安藤さん、ちょっと待ってくださいよ――」

全部を言い終わらないうちに電話は切れた。

畜生め、と玉岡は思った。人質よりも俺の身の方がずっと危ないじゃないか。この事件で活躍しないと、マジで来年は交通違反の切符を切っていることになるぞ。

五月二十二日（十五日目）

その朝、玉岡が京橋署に着くと、大久保たちの顔付きが普通じゃないことに気付いた。安藤が昨夜のことを本当に報告したのかと思って、背筋が寒くなった。安藤の姿を探したが、見つからなかった。

おそるおそる班長の二階堂に「何かありましたか」と訊ねた。

「誘拐サイトが復活しやがった」

二階堂がいまいましげに言った。

「昨夜、別サーバーでサイトを立ち上げやがった。今回もいくつかの国を経由してやがる」

「それ、偽サイトですよ」

「えっ！」

「これだけ世間を騒がせている事件となると、なりすましが出るんです。班長はこういう品のない世界はよく知らないでしょうが、ネットではよくあることなんですよ」

「馬鹿っ！」

　いきなり後ろから安藤が大きな声を浴びせた。

「正真正銘の本物だよ」

　玉岡は一瞬、どういうことだ、と思ったが、すぐに気が付いた。昨夜、あの後に本物が出たのだ。くそっ、間が悪いったらありゃしない。

「そうだったんですね。現物を見てないもので、早とちりをしました」

　そう言って、何とかその場を取り繕った。

「で、何か声明があったのですか」

「見てみろよ」

　安藤に言われて、玉岡はパソコン画面を覗き込んだ。

〈私たちはＪＨＫに告げます。

今日から三日以内に、身代金を払う意思を示さなければ、まことに不本意ながら、人質を一人、殺します。
Ｐ．Ｓ．ＪＨＫには、パスワードを送っているので、このサイトの投稿欄に返事を投稿してもらいます。
重ねてＪＨＫにお願いします。私たちに人質を殺させないでください〉

「――これ、本当に本物なんですよね」

「本物だってさっきから言ってるじゃねえか！」

安藤が怒鳴った。

「本物の確率は九九パーセント以上だ。今日の日付の新聞をバックにした人質の映像があった」

二階堂が苦々しげに言った。玉岡はそばにいた山下由香里に「どうして、復活したんだ」と小声で訊いた。

「これまでのものとは全然別のルートでサーバーを使っています」

「それってそんなにすぐにできるものなの？」

「多分、事前に用意していたのだと思います。もしかしたら、他にもあるかも」

玉岡は、小さな声で「ひえー」と言った。犯人は最初からサイトが閉鎖されることを予期していたのだ。ただ、サイトがあるサーバーに辿り着くには時間がかかる。そして消された時は用意していた別サイトを立ち上げるというわけだ。

「それって自転車操業みたいだな」

玉岡の呟きに、二階堂が反応した。

「そういうことだ。逆に言えば犯人側も必死だ。なぜなら、奴らは劇場を失えば、力を失うからな。いたちごっこになってもサイトを閉鎖に追い込む作業は続ける必要がある」

山下が「はい」と力強く返事をした。

「今回の文面ですが」本部から来た本田《ほんだ》が言った。「前に常日新聞社を名指しした時の文章とほとんど同じですが、いくつか付け加えられている言葉があります」

「『不本意ながら』という言葉と、P.S.の最後の『私たちに人質を殺させないでください』と書いてある部分だな。これをどう見るか」大久保が腕を組んで言った。

「JHKに誰かやった方がいいんじゃないでしょうか」

玉岡が言うと、「とっくにやってるよ」と安藤が間髪を容れずに答えた。

「これは犯人の本心か、あるいはＪＨＫへの揺さぶりか」二階堂が誰に言うともなく言った。

「あるいは、世論への訴えかけか」

それまでずっと黙っていた鈴村が口を開いた。

「世論への訴えかけ――なるほど」大久保が頷いた。「犯人は劇場型犯罪を楽しんでいる異常者だ。世間を味方につけたいという心理はあるかもしれない」

「それでＪＨＫが身代金を払うとは思えないが」

二階堂が首を傾げると、鈴村は「それも織り込み済みかもしれない」と言った。

「ということは――」大久保は深刻な声で言った。「二回目の殺人もあるということか」

＊

その朝、ＪＨＫでは日曜にもかかわらず、緊急の理事会が開かれた。

「常日新聞に引き続いて、私どもへも名指しで身代金の要求がありました」

副会長の篠田がそう切り出すと、理事たちは一様に緊張した顔で頷いた。

「なお、本日は定例の経営会議の日ではありませんが、午後から経営委員をお呼びして、意見を聞くことになります」

「経営委員の意見なんて聞くことないだろう」

理事の一人、池山恵一《いけやまけいいち》が言った。

「そう。今回のことで彼らにお伺いを立てる必要などない。彼らは単なるアドバイザー的な存在にすぎないのだから」

理事の杉尾明《すぎおあきら》はそう言ってから、はっとして口を噤んだ。会長の高村篤が元経営委員だったことを思い出したからだ。高村の前職は三扇物産の社長だった。

「経営委員の皆さんは各界の見識高い皆さんではありますが」と杉尾が取り繕うように言った。「今回のような事例では、すべての情報を共有するのは危険かもしれません」

多くの理事が賛意を示した。

「特に八田先生は口が軽いですから」

池山の言葉に小さな笑いが起こった。

「早速、議題に入りましょう」篠田が言った。「懸案事項は二つ——ひとつは身代金を支払うかどうか。もうひとつは、そのことを犯人側に示すかどうか、です」

「身代金は支払うわけにはいかないだろう」

それまで黙っていた会長の高村が毅然とした態度で言った。ほぼ全員の理事が頷いた。

「私たちは日本唯一の公共放送だ。この経営は国民からの受信料で成り立っている。受信料は税金ではないが、それに類するものと認識している。言い換えればＪＨＫの資産は国民の資産だ。それを犯罪者に与えるなど、世間が許さないだろう」

高村はそう言った後で、「何か反対意見はありますか」と訊ねた。誰も何も言わなかった。

「では、身代金の支払いを拒否するということは決定した。次に、それを犯人に告げるかどうか」

理事たちはすぐには口を開かなかったが、ややあって、副会長の篠田が口火を切った。

「私は犯人に知らせる必要はないと思います。そもそもこの申し出——いや、要求ですね、これは犯人側の一方的なもので、私たちがそれに応える義務はどこにもありません」

「賛成です」理事の山辺《やまべ》正夫《まさお》が言った。「本来、犯人は我々とは何の関係もありません。

ビジネスパートナーでもありませんし、発注先でもありません。交渉に応じる理由はどこにもありません」

高村は頷いた。

「他にありませんか」

篠田の言葉に、理事の島村博《しまむらひろし》が手を挙げた。

「この事件は今、国民の大きな関心を集めています。ＪＨＫは、犯人に対してだけではなく、国民にもその意思を示す必要があるのではないでしょうか」

「それは一理ありますね」篠田が言った。「放送で、国民にそれを伝える義務はあるかもしれません」

何人かが頷いた。

「会長はどうお考えになりますか」

高村は一つ咳払いしてから口を開いた。

「私もそう思う。公共放送として、やはり国民にＪＨＫの主張を伝えるべきだと思う」

「すると、犯人には？」

「犯人への返信は不要だと思う」

篠田は頷くと、理事たちを見渡して言った。

「重要なことなので、一応皆さんの意見を確認します。まず、身代金を支払わないことについて賛成の方は？」

全員が手を挙げた。

「それでは、そのことを犯人のサイトには返信せず、代わりに放送で告知するということに賛成の方は？」

これも全員が手を挙げた。

「ところで、どういう形で放送する？」高村が言った。「アナウンサーに言わせるか」

「お言葉ですが、会長」篠田は言った。「ＪＨＫの意思を示すことですから、アナウンサーに原稿を読ませるのは、かえって国民に失礼だと思います。ここは前例がないことですが、会長ご自身がカメラの前で話していただくべきかと」

「私がか！」

篠田は頷いた。

「今もＪＨＫに対する批判の声は結構あります。殿様商売とか官僚的などという言い方をされる時もあります。今回のような重要なことをアナウンサーに喋らせれば、少なくない視聴者に、そう取られる恐れがあります」

高村はしばらく考えていたが、「わかった」と頷いた。

「その代わり、原稿は慎重かつ完全なものを用意しておくように」

「わかりました。では、午後からの緊急経営会議で経営委員に伝えます。もちろん経営委員の皆様には徹底した秘密厳守を要請します」

その時、部屋の電話が鳴った。理事の一人がそれを取った。

「警察の方が見えたようです」

「私と篠田副会長が会う。会長室に案内するように言ってくれ」

*

その夜、JHKは十九時のニュースで、異例の生放送を行なった。会長自らがスタジオのカメラの前で、身代金は支払わないという声明を読み上げたのだ。

「JHK会長の高村篤です」

高村はそう言って正面のカメラに向かって一礼した。

「本日、謎の誘拐犯が自らのサイトで、ＪＨＫに対して、身代金三億円を払わなければ、人質を殺すという宣言をしました。私たちは、人命を弄ぶかのようなこの行動に対して、激しい怒りを覚えました。そもそも人命を金に換えることなどできませんし、決してしてはならない行為です。身代金強奪のための誘拐は最も卑劣かつ許されざる犯罪のひとつです。身代金を支払えば、その犯罪を肯定することにもなります。日本は法治国家です。犯罪者に加担することがあってはなりません」

高村はそこで少し間を置いた。

「ただ、人質が助かるのなら、身代金を払うべきではないかという声もＪＨＫ内部であったことは事実です。人道的にはそうすべきではないかという声もありました。その考えは人として大いに共感いたします。もし、これが人道支援ならば、私たちは、いささかも躊躇することはなかったでしょう。

しかしながら、これは人道支援ではありません。繰り返しになりますが、身代金を支払うということは、犯罪に加担する行為に他なりません。

また私たちＪＨＫは民間企業ではありません。日本唯一の公共放送として、その経営は国民からの受信料で成り立っています。受信料は税金ではありませんが、私どもはそれに類するものと考えております。つまりＪＨＫの資産はすべて国民のものだとも言えるのです。その貴重な資産の一部を犯罪者に渡すということは、言い換えれば国民の皆さんへの背任行為になると考えています。

したがって、私どもＪＨＫは、誘拐犯の要求には一切応じない旨をここで発表いたします」

高村は再び少し間を置いた。

「ただ、私どもは何よりも、人質の安全と、一日も早い解放を心より願っております。その上で、犯人に言いたい。

君たちの行なっていることは間違っている。人質には何の落ち度もない。これ以上、罪を重ねることなく、人質を解放し、真人間に戻ってほしい」

高村はここで再び一礼し、会長の声明発表は終わった。

＊

蓑山は高村の放送が終わると同時に、ツイッターを開いた。

すでに夥しい書き込みがあった。身代金を支払わないというＪＨＫの姿勢に対しては肯定的な意見が大半だったが、身代金を拒否する理由については、「欺瞞《ぎまん》」「誤魔化し」「詭弁」という声が少なくなかった。

蓑山は、はたして犯人の意図はどこにあるのだろうかと考えた。ＪＨＫが身代金を払うはずはない。なぜならＪＨＫは民間企業ではない。もし身代金を払ったりすれば、高村会長の言い草ではないが、それこそ受信料を支払った国民が黙っていないからだ。仮に会長に払う意思があったとしても、彼にその権限はない。もちろん理事も同様だ。したがって拒否は当然だ。それがわからなかったというなら、相当甘い考えだ。

「もしかして犯人はバカなのか」

思わず独りごちた。いや、単なるバカではこんなことはやれないと思った。なら、犯人の目的は何か――。

もしかしたら――身代金強奪は本当の目的ではないのかもしれない。犯人は殺人を楽しむ猟奇犯だとしたらどうだ。世間の注目を集める中で、一人ずつ殺していくことに快感を覚える狂人かもしれない。

そこまで考えた時、蓑山は背筋が寒くなった。

鈴村は渋谷のハチ公前の交差点に立っていた。

夜の十一時を過ぎても若者たちでごった返していた。前日に生首が置かれていたとは思えない賑わいだった。

鈴村は犯人の行動を頭の中で再現した。犯人が松下の首を置いたのは朝だが、その時間帯もこの一帯は通勤客や若者たちで溢れていたはずだ。一見無謀とも思える行動だが、首が置かれた場所はちょうど防犯カメラの死角になっていて、十分な用心深さが窺える。大胆にして細心――それが今回の犯人だ。しかもインターネットを縦横に使いこなす知的さと、声明文通りに人質を殺す残虐さを併せ持っている。そこにはいささかの迷いもないように見える。はたして犯人は血の通った人間なのか。

この事件は二年後に定年を迎える自分の刑事人生にとって最後の大事件になると思った。それだけに絶対に犯人を挙げたい。

二十二歳で刑事になって三十六年間ひたすら刑事畑を歩き、犯人を追ってきた。すべての事件を解決してきたわけではなかったが、殺人事件ではほとんど犯人を検挙した。自分にとって殺人は他の事件とは根本的に違うものだった。殺人事件に関しては執念を持って追いかけてきた。しかし殺人事件に執着するのは単に犯人を検挙したいからではない。被害者や家族の無念を晴らしたいからだ。人の命を奪ってのうのうと生きる人間は許せない。そんな奴らは必ず報いを受けさせなければならない。法が許すなら、自分が代わって復讐してもいいとさえ思っていた。

殺人事件で犯人を挙げられなかったのは、初めて担当した事件だけだった。今も、その時の被害者の無念を晴らせなかった悔しさは忘れていない。その時の悔しい思いがその後の刑事人生を支えてきたのかもしれない——。

鈴村はこの事件を最初から振り返ってみた。これまで自分が担当してきた事件とは何もかもが異なっていた。ネットを使った劇場型犯罪、ホームレスの誘拐、そして人質とは無関係な新聞社やテレビ局に対する身代金要求——まさに異例ずくめだった。

しかし鈴村が何より引っかかっていたのは、松下和夫の殺害だった。

かつて娘を殺された男が二十年後に誘拐されて殺されるなどということがあるのか。そんな偶然が起こり得るのか。世の中には信じられない不運が重なることはよくある。

実際、殺人事件でも有り得ないめぐり合わせによって引き起こされたケースはこれまでに何度も見た。しかし鈴村は今回の松下の殺害が単なる偶然とはどうしても思えなかった。

根拠は何もない。しかし刑事の勘がそう言っていた――。

（下巻につづく）

この作品は二〇二〇年十二月小社より刊行されたものを文庫化にあたり二分冊したものです。

# 野良犬《のらいぬ》の値段《ねだん》(上)

百田尚樹《ひゃくたなおき》

令和4年5月15日　初版発行

発行人——石原正康
編集人——高部真人
発行所——株式会社幻冬舎
〒151-0051東京都渋谷区千駄ヶ谷4-9-7
電話　03(5411)6222(営業)
　　　03(5411)6211(編集)
　　振替00120-8-767643
印刷・製本—中央精版印刷株式会社
装丁者——高橋雅之



幻冬舎文庫

ISBN978-4-344-43191-1　C0193　ひ-16-10

幻冬舎ホームページアドレス　https://www.gentosha.co.jp/
この本に関するご意見・ご感想をメールでお寄せいただく場合は、
comment@gentosha.co.jpまで。